河底一片蔚蓝的海

HE DI YI PIAN WEI LAN DE HAI

钱豫清 —— 著

百花洲文艺出版社

图书在版编目(CIP)数据

　　河底一片蔚蓝的海 / 钱豫清著. -- 南昌：百花洲
文艺出版社，2023.1
　　ISBN 978-7-5500-4789-1

　　Ⅰ.①河… Ⅱ.①钱… Ⅲ.①长篇小说-中国-当代
Ⅳ.①I247.5

中国版本图书馆 CIP 数据核字(2022)第 171532 号

河底一片蔚蓝的海　　钱豫清　著
HEDI YIPIAN WEILAN DE HAI

责任编辑　杨　旭
特约编辑　张立云
装帧设计　云上雅集
出 版 者　百花洲文艺出版社
社　　址　南昌市红谷滩新区世贸路 898 号博能中心一期 A 座 20 楼
电　　话　0791-86895108(发行热线)0791-86894717(编辑热线)
邮　　编　330038
经　　销　全国新华书店
印　　刷　长沙市精宏印务有限公司
开　　本　889 毫米×1194 毫米　 1/32
印　　张　7.5
版　　次　2023 年 1 月第 1 版第 1 次印刷
字　　数　200 千字
书　　号　ISBN 978-7-5500-4789-1
定　　价　59.80 元

赣版权登字　05-2022-177

网　　址　http://www.bhzwy.com
图书若有印装错误,影响阅读,可向承印厂联系调换

一

今天林深找我，是要给我打两个比方。

首先，如果把颜然比作一件兵器的话，那非流星锤莫属。软索就像她能屈能伸的性格，但对用者而言就是"尚留余地，好自为之"。胆敢得寸进尺，甩得凶猛，便会自食恶果。老祖宗里就有武者使之，史称"金瓜武士"，这就颇具两面性：使好了，铁锤如瓜；使砸了，脑袋如瓜。很难驾驭。

接着林深又说，人会选择性遗忘。比方说他见我爱上一个女人，又见我兴致盎然，踢倒了一个粪桶。十年后他准会想起那天粪桶里掉出来的东西，而对我为何爱一个女人，怎样爱她一无所知，甚至会起疑我是不是爱过粪桶。

所以说要把一切都推给时间，也就是说无论我挨不挨这一锤，脑袋会不会成为金瓜，往后看来都无关紧要，因为都将被遗忘。这是过来男人对于爱情的哲学观，即高高挂起，宠辱皆忘。现在回头看，林深与鹿冬的爱情，从"鹿入林深处"到"林深不见鹿"，也就是两年的工夫。那些耳鬓厮磨与小打小闹早被他一笔带过，写进史书里。我翻开一瞧，上面歪歪扭扭写着句结论："鸡者，赤裸也。一地鸡毛，不足道也。"这就是婚姻。他告诉我：要是没有一阵急促的撕裂，这史书便可搁笔。

要是林深早一些劝我，我兴许还能无所畏惧，视铁锤为无物。但为时已晚，所言之事已然成了时间的一部分。我和颜然尚在热恋期，对任何一件小事都毫不含糊，慎之又慎。对此事，我有些补充。事情是这样的：

前几日我和颜然深夜去吃烧烤，我要了一盘羊肉串，她尝了口觉得膻得要命，便把它推到桌角，对此我们就有了一场争论。颜然说当年蒙古人一路西征，几乎要踏平欧亚大陆，准是羊膻味的功劳。蒙古人最喜羊肉，敌军又要来探口风，一闻便望风而逃。可见羊肉是攻城拔寨之利器。这些话无凭无据，但颇为有趣。对此我反驳道：西亚人最早驯化羊，吃法上更是精益求精，蒙古人决定西征，多半是交流经验，西亚诸国又不愿与之分享，故弃城而逃。这样看来，人对羊肉之爱，或能挑起战争，重塑文明史。

当然这都是胡扯。但说着说着颜然就认真了，发挥铁锤风格，非要将羊肉串束之于身，文在腰上。对此她的原话是："你不是喜欢吗？腰缠万贯，不如腰缠万串。"可纵观人类文明史，也未有此等壮举，唯一可能的是蒙古铁骑进城时，由于语言不通，西亚的聪明人露出腰间羊肉串暗号，蒙古人大喜："友军，良民！"可我不是聪明人，话不出饭桌，自然没当回事儿。直到后来她把衣服一掀，腰上真有一文身。四个圆串在一条线上，这是羊肉串的平面图。颜然比画给我看，这场景我记得清清楚楚。

"该你了。"她松手把衣服放下来。

"什么该我了？"我明知故问。

"你文三个汉字就成。我是图画，你是解释说明，连起来就算是情侣文身。"

"不文。"我坚定地予以否定。如此丑态百出，知我者，谓我失态；不知我者，谓我变态。

"哎呀！"她钻我怀里撒娇，惹得我浑身酥麻，"我都文了，总不能让我孤孤单单的吧。"好话好说，这就是说留有余地，切勿不知好歹。但我依然不置可否。

"你文不文？"她从我怀里抽身出来，恢复常态。一记流星锤已经挥舞开来，软索几乎要缠在我的腰上，颜然总是这样软硬兼施，先礼后兵。祖宗说了：唯女子和小人难养也。祖宗还说了：当断不断，反受其乱。于是我选择直面现实，迎难而上。

"所以你拒绝她了？"林深问我。

"差不多。我告诉她决不文中文，英文倒是可以考虑。"

"中体西用，且战且退。"他辛辣地赞美我，"你一如既往的有骨气。"

爱情本就不是有关迁就与拒绝的博弈，而是相互包容与爱慕。我没法告诉林深，我只是做了所有痛苦决定中最心甘情愿的那个。

"谈谈你和颜然的爱情吧。"他说，"那是美好的爱情吧。"

美好的爱情？"什么是美好的爱情？"颜然问过我这个问题。

同居之前我回：八字契合、性欲满足和人格独立；同居之后我回：不厌其烦。

她问什么意思。我说，在你和一个人生活了好多年依然不厌烦，这就是爱情。她说这只能证明是可以维持的婚姻，不代表是美好的爱情。美好的爱情应该是从混乱的世界里找到某个人，建立起两个人及以上的稳定秩序。

这也只是好的婚姻，我予以否定。暂时不讨论婚姻和爱情的关系，只论爱情的话，好的爱情应该是帮你和人性里与生俱来的孤独和解，但只是渴望安全感的那部分，剩下的要交给你父母、朋友和自己。

即便最终我们很难就此话题达成一致，但并不妨碍我们对眼下的同居生活感到满意。她也未追问有关不厌其烦的论调源于哪里，这像是自我说服的结果。这就是我最爱她的地方，避重就轻地看问题。

说起来当我第一次见到这个女人时，她正试图咀嚼一根滚烫的肉肠，龇牙、嘴皮上翘，牙龈毕露，留给我的印象很不好。后米她尝试给我洗脑，说这不行，你要当作没看见，她被一纸学历和化妆品包装出来的淑女人设，不能就这么被一根烫嘴的动物尸体毁掉。我告诉她食肉动物就这德行，谁都一样。她只好顺着我的逻辑说下去：所以这就是人性中的兽性，是无条件反射，她只是咀嚼的姿态不太雅观。

我反驳道，至少你吞咽时尚知美丑，这就是兽性中的人性。

真正蹊跷的在于这根原本属于我的滚烫的肉肠，居然出现在她的嘴里。肉肠是我的死党买的，从小死到大的那种。有一阵我们误入精神出柜和肉体发育的泥潭里，我们承认对女人神之向往，但又在艰苦卓绝的校园生活里不可自拔地爱上对方的头颅（包括面庞和意志）。这种感觉像是光溜溜的屁股悬空，面对某种未知的刺激，同时仰颈思索人生，青筋暴露，热血沸腾，于是我们称之"蹲坑式青春期"。好在我们冷静下来，仔细揣摩两性的乐趣，发现女人对于我们更具吸引力，因而决定以假乱真，用一根肉肠缔结青春，象征我们"伟大的友谊"，这么听起来像是带有魔幻色彩的故事，但它是真实存在的。

"我要结婚了，和一个女人。"死党说，"但那根肉肠意味着我们男辨是非，男人的男，来好好品尝这伟大的友谊吧。"

但他领我进去后发现，"伟大的友谊"正在一个陌生女人的嘴里。死党面如死灰，即便是他组织的婚前聚会，人际关系一复杂后，他也不清楚这女人是谁。但当时，我却被这半路杀出的掳掠吸引，骤然对这个来路不明的女人起了莫名的好感。

"不是我小肚鸡肠。"我开门见山对她说，"这是我的肠。"

"还有半根还你。"她说，"就当我吃掉的半根是牵肠挂肚的肠。"

言外之意就是交个朋友。有意思。

"你看。"她教训我说，"这是不是比还你一整根肠更有价值。"

的确如此，在我捶碎了这根肠的意义后，这个女人依然能赋予其新的价值，拧干最后一点油水。可当我远离她后，我冷静下来分析形势，得出这样的结论：

一、这只是个借口，没有哪个女人会为了半根肠交个异性朋友，那等于说我平白无故损失了"伟大的友谊"。

二、推翻第一条。这个女人确实与众不同，吃我半根肠符合她与我交朋友的最低要求，那么这根肠的象征意义就变成"伟大而看起来纯洁的友谊"。

三、补充第二条：但她可能是个言行不一的人，多半会忘了半根肠的友谊。

颜然后来改口说，这都是我胡乱臆想，友谊就是友谊，和半根肠没什么关系。她想和我交朋友只是因为我长得尖嘴猴腮，看起来不像多坏的人。我料想她这么说，多半是因为我给她留下了不错的印象，因而不想因为半根肠而贻人口实。

我第二次见到她，是一个月后。我约她出来，她说这时节要去爬山，登高望远。可这时节常常大雾，爬到半山腰时，极目四野都是白茫茫的雾气，什么也看不清。越向上风越大，爬到山顶时雾气散尽，才发现阴霾蔽空，天色向晚，浩浩荡荡的刮着灰白色的风，带着清凉和尘土。风从衣服下面钻进来，流淌全身，吹得毛发和心绪飞扬，很容易让人心生凛冽。

她后来说我说得对，人都是要和与生俱来的孤独和解，这点只有当她站在山顶，俯视着星罗棋布的房屋，纵横交错的柏油路时才能清晰地想明白。那时她觉得非常孤独，山顶的风激发了她灵魂深处的劣根性，她洞察到了自己的所有缺点和秘密，非常焦虑地思索人生。她说某个瞬间她突然想漂泊他乡，走刀口下油锅，不能再像个听话的牲口丰衣足食地活在山脚下。

这是我没想到的。当时我目睹她的头发不受控制地乱飞，双眼皮贴耷拉半垂，假睫毛也现了形。狂风迷乱了她的眼，这一切她无法察觉，我也没说，若无其事地看着时而被汹涌的发浪淹没的那张面庞。

不久，天阴沉得厉害，我们必须下山了。可到一半时，大雨倾盆而下。我们在一处狭小的洞穴里暂避，望着混沌的世界发呆，天地茫茫，烟雨隐去了物质的、肉身的和客观的，唯独还有精神在飘荡，若隐若现。

"林先生，我比你虚大点，叫你林二吧。"她这话有欲抑先扬的味道。

"叫我老二都成。"

"林二，你就是个混蛋。"她说，"我妆容花了你也不说上一声，得亏我发现得及时。"

"晚啦。我足足看了半天，半个天都黑了你才察觉。"

"所以说你是混蛋。"她说，"可反过来说，混蛋都是自由的，不自由成不了混蛋，我倒是很羡慕你。"

我乐了，边笑边脱："那你得有个混蛋模样，要想意志自由，首先得肉体自由。这时节旱涝保收，适宜耕作。"但我故作荤态后转而又说，"逗你呢。"我怕太混蛋，给她留了坏印象。

那时她就有这样的评价："你真是好人，十恶不赦的好人。"

一会儿，我们谁都不讲话了，就听着茫茫天地间自由飘荡的雨声。乳白色的水汽想要斜穿过整座林子，又在枝繁叶茂间弥散。我望着湿润光滑的岩石上有水滴坠落，后一个在石棱尖上凝结许久也不见落，就像她面容上那些个水珠，流过面颊，淌到鼻尖上，冒出圆滚滚的愁绪。它们如烟尘，如血渍，如无拘束的游民，从她的眼眶中来，到我的心底里去。

那时我心里也流淌着许多事，许多见不得人又巴不得想见人的事。我承认这个女人在我稀里糊涂时，就把我吃住了。尽管她很多时候留给我的印象都不好，这种感觉上一次出现，还是看见死党丑陋的模样时，他里里外外邋里邋遢，没个人样。对这件事我要做个补充：那天下雨我们偷偷翻墙溜出校去，他骑车带着我兜风，他的水平很"高超"，很快我们就连人带车滚下坡，摔进泥坑里。我把他挖出来，撇去脸上的尘土，看见了他那副鬼样。很快学校就知道了我们为了救人摔进泥坑的事。所以我觉得我天生就对丑陋的东西着迷。不，这不对，我要给颜然辩护：她不丑，如果我能仔细看这个女人的话，一定能找到不少让所有男人为之倾倒的

9

地方。

可后来某天她捧起我这张热腾腾的臭脸时，时急时缓的热气灌进我的鼻腔里。老实说这个女人不值得细看，我推翻了自己的结论。我和她在一家狭小闷热的面馆里，这是我和她第三次见面，她好像有话对我说。

"让一让。"满头大汗的小老头迎难而上，掀开我们交叉的胳膊，把滚烫的面端进来。

"等等。"林深打断我，"就这些？"

"我就记得这么多。"如果记忆是长跑的话，我大概就记住了几个趔趄。

"没劲。"他很失望，"怎么也该是场生猛的战争。"

那绝不可能，大概是我把颜然的形象越描越黑，我想。对此我解释道：第一，她是有名无实的铁锤，不是真的铁锤。第二，羊肉文身事件只是潜在的武力胁迫，并不代表她真的会打击我的肉体，退一步讲即便真的做了，也是我甘愿妥协，屈从淫威，纵容蛮横，这是我维系感情的方法。第三，如果真的比作战争的话，那么那天在面店里的事就是一场彻头彻尾的革命。

"你吃香菜吗？"她问我。

"吃啊。一把香菜入口，味香浓郁。"

"香菜这东西怪得很，爱恨分明。"她边说边把香菜都夹到我的碗里，来来往往十几筷子，我没想到她半碗都是香菜，历史被尘土埋葬，面条被香菜埋葬。

她夹完最后一筷子说："我把你所喜欢的都给你。然后你连同香菜，都跟我走。"

她打响了"革命的第一炮"。

我也并非毫无思想准备。那时我们早已就生命和个人的命题互诉衷肠，吃透了关于配种外的一切假设。可以说除了光着屁股的死党外，我从未对一个生物如此迷恋。可即便如此，我依然无动于衷，就差临门一脚时，我反而装模作样地隔靴搔痒。

"成不成？"她发挥后来成名的铁锤风格，劝我归降，"不成的话，你和香菜都会被抛尸野外。"

当然不成。我的逻辑是这样的：我的确喜欢这个丰腴白皙的女人，不得不承认我想和她在某个时节交配，旱涝保收，有利后代。但爱情不能理解为性欲和孤独，我爱的是她如谜一般的人格，主要是不确定性和矛盾性。但越是这样就越虚无缥缈，如果你爱一个虚无缥缈的东西，就等于什么也不爱。

由此你也能看出，在那个极短的片刻里，我的逻辑一片混乱，自己也没搞清楚。但直觉告诉我，我不能就这样开始一段似是而非的爱情，因此无论如何我都要拒绝她。

"成啊。"我说。

她挥舞着一大把香菜，占领桥头，革了我的命。

"你这就答应了？"林深诧异我总是口是心非。

"我没法拒绝一个喜欢吃香菜的女人。"

"她会用香菜勒死你？"他反驳我，"你居然被一个女人用香菜唬住了。"

其实不然。当时她的作案工具都在我的嘴里，她根本没法掏出来勒死我。我很快推翻了任何拒绝她的结论，我做不到拒绝一个看起来爱我的女人，因此只好说服自己。这个逻辑显然也没有任何合理性。

天快黑了。我很快说服了自己：这次我不跟着直觉走，跟着眼前这个革了我的命的女人走。毕竟在我没弄懂什么是爱情之前，爱情就已经来了，那我必须坚定不移地接受，包括吃掉所有的香菜。

二

七月的最后一个晚上，颜然给我做了两个假设。

她说，假设我们现在就结婚，那么她爸就无话可说，这是最理想的结果，当然如果行得通，也就不会有第二条假设了。

假设二：假设她无法拿婚姻做筹码去和我未来的岳父谈判，那她就只能无条件地屈服，像丢垃圾一样丢掉眼前的一切，包括我和工作，然后回家和某个明码标价的男人结婚。

我立马跳出来反对说："首先，封建做派实则冠冕堂皇，尤以婚姻最甚。"父母拿着"门当户对"的借口扯账，明码标价的男人也说着"父母之命，媒妁之言"，你看他一本正经，事实上是把自己择得一干二净，等会就要风流。想到这我就气不打一处来。我说你看，一场稀里糊涂的婚姻，本质上是一本明明白白的账。

其次我不是垃圾。但她说站在她爸的角度来看，我和一条鱼没什么区别，做好了是一道好菜，但拖得久了就会腐烂发臭，成了垃圾。他觉得我们的感情也是这样，不及早结婚，这条鱼就该丢进垃圾桶里。

我无法反驳，她爸把任何一个可能与她结婚的男人都当作鱼这种躺在砧板上的脊椎动物，如果她女儿与一条鱼结婚的话，那他应该去油锅里参加我们的婚礼，喝得满脸通红，然后浮在油面上，半推半就地说道："上刀山下油锅，这就叫父爱！"

颜然说，从小到大，她都活在强大的父权压迫下，基本上对她爸的命令无从抗拒，只有两次情况例外。六岁那年，某天清晨她一屁股骑在她爸昏睡的脸上，排放了催泪气体，她爸怒不可遏地揍了她，拳头无意中扯着拉链在她的脸上划开一道口子，疼得她对脸和屁股的权力关系大彻大悟。于是她从此将父权理解为大开大合，严丝合缝的拉链，而不是维系感情，留有余地的纽扣。

还有一次就是决心跟着我背井离乡，来苏城谋生。也就是那时候，她爸开始将我称作鱼，一条丑陋的瞻星鱼，据说这种鱼曾经被博物学家描述为"造物主做出来的最卑鄙的东西"，因为它的习性是无声无息地潜伏在海底，等待着毫无防备的猎物。在他爸看来，我与这条鱼最大的相同点就是，摘除掉有毒的肝脏，都可以下油锅。

我说那我这条鱼给出第三条假设，如果再拖一年，仅仅一年，等我们做好了准备再结婚会更好，当然换个更稳妥的说法，是婚前热身。

"你热身是要和谁干仗？"她问我。

"和计划生育干仗，和你家那位会做鱼的厨子干仗！"

"说什么呢。"她一脚踹在我的鱼鳞上，"正经的，你真就这么打算？"

"婚姻不能太操之过急。"我打一比方，"蒙古人不是一日征服西亚，就算皇帝老子明发圣旨，快马也得三五日——我的意思是，咱好歹有个心理准备吧。"

其实本质上就是由头。即便快马到了，"奉天承运，皇帝诏曰"了，这时候还能跳出来说"军在外，将令有所不受"——总该有个说辞。这事儿我琢磨过，颜然在一家小学做老师，正下来个西北支教的项目，我就动了番坏心思。古有大义灭亲，今有成人之美。没想到我刚刚讽刺完冠冕堂皇的封建作风，转眼就一头栽进去。

颜然头枕着我起伏的肚腩，"那我要一年见不到你了。"

如果站在此时的时间节点回溯她的前二十三年，她做出的都是慎重和她能成的抉择，按照某种逻辑串联，那将是平稳且毫无波澜的行为曲线，但这一次，她出于本能选择相信我，这条线将昂扬向上，还是急转直下，不得而知。

"我会想你的。"我拨弄着她的头发，"铁锤。"

"你说什么？"她突然坐起来。

"我说什么了？"我装傻充愣，"心碎啊。"

"不像。"她乜着眼，"指定在骂我，林二，你就是个混蛋。"

"是。"我不否认，"但你就喜欢混蛋不是。"

"无论如何，你都要娶我。"她说。

窗帘被灌了风，簌簌地飞扬。这时候风中有着不可断绝的燥热，我小心翼翼地挪开趴在我肚腩上已经熟睡的颜然，掀开窗帘，穿过这股燥热，凭栏远眺。午夜时分，万籁俱寂，天地间都轻飘飘的，唯独我有种说不出的沉重。

"人为刀俎，你为鱼肉。"林深吃饭时嘲笑我。

今天午饭，我特地挑了盘鱼，身上没几筷子肉，眼睛倒是瞪得贼大，死状很难看。

"她爸什么来头？"

"一小老板，本质上是一杀鱼的厨子。"我指给他看，"就是这下场：鱼刺嶙峋，寸步难行。"这条鱼露了白骨。

"所以你就牺牲她，好让你再快活一年？"他给我下了定义，"你就是个混蛋。"

"缓冲,是缓冲。"我辩解道。我对他说婚姻就是个要立住某样东西的过程,比方说鸡蛋,暧昧和恋爱就是要保持鸡蛋不碎,光滑圆润。婚姻不一样,要使鸡蛋立住不倒,就要敲碎一端。我和颜然现在就要面临这种唐突的阵痛,所以缓冲是必要的,它让我们冷静地想清楚问题。

另外我还对林深谈到了理想。我说我还有理想和蠢蠢欲动的躁动,一旦结婚了理想就是妄想,所以在婚姻到来前我要么实现它,要么毁灭它。

林深说婚姻的事他管不了,他想和我谈谈理想。他说理想是极好的,古往今来拿笔的流氓骚客都赞美它。但他又说,跨越阶级式的理想本质上就是妄想,它仿佛就是你人生里被现实砍伤形成的褶皱,深了藏住千万种不如意和不得志,浅了就藏住一个愈久弥新的伤疤,浓了藏住人生百味和绝望,淡了就藏了个凄楚的苦涩。

所以现实点,他说,别指望实现什么。

他说这话自然而然。我第一次见到这个胖子,是在去年某次小会上,他被当作典型接受领导的批斗。那时我刚被我爸走关系送进这个体制内极其边缘的单位里来。开完会他起身时,我发现他的椅子上有清晰可见的屁股印,轮廓清晰,形状丰满。

"朋友,你漏油了。"我指给他看。

他说那时候他冲了领导，没人敢和他来往，没想到我丝毫不避讳，说话还这么有意思，当时他就认定我这个朋友了。

"顶撞领导了？"我问他。

"走背运了，最烦这种吃夹板气的中层领导。"他试图比画一个复杂的职场生物链给我看，"一股子霉气就从某个大领导一路传到我这个底层生物身上，这叫可持续传承，霉运套娃。"

"所以最后这股气被你艺术成潮湿的屁股印，从某个人的脑子里来，到你的屁股底下去。"

"有理！"听我这么一说，他反而高兴起来。

他说那天在大会上，他突然成了鸡，一只不打鸣的鸡，那个秃头的小领导捏着他的鸡头，准备来一刀痛快的，然后把鸡血溅在所有猴子的脸上，尤其是我这种刚来的猴子。在等刀落下的时候，他仔细回溯了整件事的来龙去脉，是这样的：

他和小领导的邂逅还要追溯到刚入职那会儿。那天他在排队打饭，领导端着汤，硬要从他前面横穿过去。汤很满，领导端得龇牙咧嘴。这时候每一个心怀大志、热情洋溢的小青年都应该挺身而出，奉献出自己的双手。但这样太常规，领导记不住。这个小机灵鬼一时精明，另辟蹊径，上去就猛嘬一口，这就是传说中的解放双手，心直口快。这口嘬得极

18

卖力，领导极为感动。

后来某天，他正在给同事修电脑，在此之前他的理想是做一个文字工作者，文学兴国。可进了单位，上面分给他的却是信息管理工作，性质有点像网管，负责网络运营和维修电脑，说得好听点叫技术官僚。他正修着，那破电脑卡得厉害，于是他一生气，焕发底气，敞开年轻的胸怀大喊道："他妈的Microsoft！"然后他就被恰巧路过的秃头领导叫过去了。

"就这样？"我问，"表彰你公众场合语言文明？"

"不是，他的英文名叫这个。"

"Microsoft？"我不相信，"谁叫这破洋名字。"

还真是。是某个外国女人起的，据林深推测，大概是他们深入学习西方文化后，小领导问这个懂中文的洋妞，自己该叫什么名字好时，才有这么一出。

"兴许他想起东方战神，床榻唐三藏之类的别致称呼。"我说，"你告诉他翻译过来叫什么没？"

"坏就坏在这上面。"

小领导听闻叫"微软"后面如死灰，显然心直口快的洋妞瞒天过海，道出事情本质。于是顺理成章，动不得洋妞，"微软"只能动林深这个看起来胯下强硬无比，但手里没什么硬货的倒霉男人。

"但是。"林深话锋一转，"无论如何我都会忍气吞声，兴许二十年后还有报仇的机会，但现在我必须沉默。"

他说这话是有一番渊源的。他给我举了两个例子：

上学时，林深是出了名的差学生，他给女同学讲黄段子，掏男同学的鸟窝，扬言要炸掉学校，所有人都觉得他将来肯定没出息，要坐大牢，沿街讨饭。可他考进体制里后，他不敢再掏领导的鸟窝，甚至那个秃头男人攥着他的鸡头时，他都努力伸得长长的，好让领导挥刀自如。以前的同学见了他，都说他活得不像林深，反倒像个人。他对我说你看，体制给他长了面子，也多少改造了里子。

另一个例子是二十六岁前，他忤逆父亲，破坏家规，干尽了坏事。二十六岁那年他考进了体制内，他说他不会再背上这样的骂名，因为他不再有父亲，他的生父变成了他的挚友、崇拜者。他说你看这就是体制的价值。

显然，林深吃体制的福，他是既得利益者。除非我能打开他的天灵盖，否则没人知道他是不是真的被改造了。但我和他不一样，我不是全心全意地想被改造。我没法告诉林深，那个攥着他鸡头的秃头男人，是我爸的朋友，我能进这里，是因为我爸走了他的后门。我爸说，关系不能光靠嘴喊，得有故事，至少看起来有模有样，这样说得好听叫情怀，说得难听叫把柄。我爸和张主任的就叫把柄。

　　把时间往回推三十年，我爸和张主任在一所重点高中同班就读，那会儿他还不叫张主任、张秃子或者微软，他一头黑发，发量惊人，这在当时见怪不怪。他瘦得很，身上没挂几筷子肉，整个一麻秆，这在当时也见怪不怪。其他人瘦是因为吃得不好，普遍营养不良，他瘦是因为天生肠子脆，容易蹿稀，那时候兴取洋文名字，于是大家都喊他"拉希德张"，这在当时也见怪不怪，但现在讲起来就怪了。

　　入职前我爸反复和我强调千万不能这么喊他，否则容易挨批评，现在这人敏感得很，你讲得不好很可能拿你当鸡，杀鸡取卵的鸡，或者杀鸡儆猴的鸡。我说你讲讲拉希德张的把柄，哦不对，是和张主任的关系。

　　他说故事是这样的：

　　八十年代的食宿条件很差，很容易因吃东西或者受风寒搞坏肚子，一群人就在水渠上大排长龙，中间没什么遮挡，很容易吃别人的尾气。这时候看起来你有两个选择：要么面壁思过，要么面面相觑，本质上就是看一只眼还是两只眼的问题。当然第三个选择只有我爸和拉希德张知道。他们大半夜翻墙到校舍后面的菜地里人工施肥，点上烟，对着黑夜和田野探讨人生。我爸当时是班里的化学课代表，所以大家都叫他林化学。林化学不是什么好人，他曾经策反了校长家的狗，让它在春天的夜里整宿地发情，扰得校长精神恍惚，上课时净说些没脸没皮的胡话。从这一点看，林化学这个人恶行累累。

后来他又想策反拉希德张。拉希德张这人没什么坏心思，但架不住有做坏事的冲动。人本分久了，容易憋着股坏劲，这多少是有道理的。林化学充分利用了这一点。他提议两人一起去炸菜地旁边的化粪池，那地方偏僻，没多少人知道。拉希德张说林化学你真是个混蛋，将来生的孩子也容易混。但骂完后还是欣然前往。

化粪池是学校的，里面都是同学们思考世界的结晶，哲学的艺术的，古今中外，天南地北，混为一谈。拉希德张说这是欲望池，是大家克制欲望的结果。他决定炸完后去辟谷，他说林化学你也该这么做，这是我们做坏事的报应。那天他们半夜翻出去，为了不在现场留下证据，跑了老远施肥，肥水流了外人田。

烟头是拉希德张扔的。具体情节林化学没有告诉我，大概是忘了。他只记得他当时临阵胆怯了，还是拉希德张坚持要扔。所以他当时就觉得，这人要坏，就会坏到骨子里。

那天晚上，学校乱作一团，林化学和拉希德张奔跑在校舍后面黑压压的田野上，什么都染上月色，什么又都是黑暗的。他们下决心只有撞到什么才会停下来，逢沟跃沟，遇水蹚水。那时他们觉得将来一片光明，兴奋得要跑到世界尽头。

这件事多少是拉希德张人生里的一个污点，这让他当上主任，装模作样地领导别人时，少了点底气。因为他怕别人说他上学时炸化粪池，不像个好人。于是站在他的角度，只有以下两个办法：

一、杀掉唯一的目击证人，也就是我爸林化学。

二、给林化学开后门，达成交易，收留他的混蛋儿子。

第一条明显走不通。所以我就是这样被送进体制里来的。但这显然让张主任又喜又恨，因而一年来既不打压我，也不照顾我。我几乎被遗忘在角落里，大概他想让我活在体制里，也死在体制里。

由此可以得出这样的结论：我和林深对体制的态度完全不同。他的一切都要靠这碗饭，可以说没有这碗饭他会声名狼藉地饿死。因而当他说"要忍气吞声"的话时，你多少就能理解他的想法了。但我不这样想，我告诉林深我能和他在职场上成为无话不谈的朋友，很大原因就是我没有竞争力。我每天就是来这听几个长舌妇说点没脸没皮的话，比方说张秃子之所以头秃，她们都说是肾功能不全，疲软虚浮，由此可以推断出性功能障碍。还有几个嘴尖的，完全当我不存在，很兴奋地谈些月经不调，宫颈糜烂的事。除此之外，我又对人际关系没兴趣，也不想着争宠搞对抗，所以没有竞争力，所以能和他成为朋友。他觉得我说得也有些道理。所以我说这样的生活对我没有吸引力，让我魂不守舍。体制没法改造我这个混蛋，它要让我往疾风骤雨的社会上走。

后来我告诉林深，我的结局不言而喻，除非烂死在这，否则我迟早要走。

三

天气快转凉时，颜然要走了。

谁能想到此时，我才初识爱情的滋味。谁都能想到，男女间最销魂温存、柔情蜜语的时刻谈论爱情，才合乎逻辑，发自内心的真诚。但送别颜然的此刻，我反倒想就爱情侃侃而谈，但无人可倾诉，这种滋味不好受。

昨天晚上，当她用力把行李箱合上后，拉链炸了，褶皱的衣服像破苞绽放的花一般，毫不含糊地一涌而出。这让我想起刚搬进来那会，她捧不好一摞书，噼里啪啦全掉在地上。她当时就哭着抱住我。

"我真没用。"她气急败坏地说。我必须告诉她，从家养到野生，犯点错没什么。

"你才动物呢。"她红着眼眶，"没一句好话。"

昨晚她也是这样抱着我的。"这下我彻底野生了。"她说，"一想到要去那么偏僻的地方，我就会彻夜难眠。那里兴许有河，一看到河里的鱼我就会想起你。这样一到晚上，我又会思念泛滥，熬一个大眼圈，大到可以成为银河系的第十大行星……"

我承认有时候咸苦的离愁能把人腌成一个诗人。没有离别，历史上绝大多数诗人都无佳作。可这句话好像刚刚还在耳边，颜然就已然没入车站的人流之中。我很难过，哭得稀里哗啦。林深说我大概是因为失去了交配权而难过，是前列腺忧伤。他又说，当时我边挥手边流泪，要不是看我后来恢复到平常那副鬼样子，他真信了我是个含情脉脉的男人。

转眼到了秋天。林深与鹿冬还在泥潭里爱得死去活来的时候，我的房租到期，需要重新找房。恰巧这时，李荀和俞熠来到了苏城。于是我带上林深，从中攒了个局。

李俞二人都比我小一届，李荀与我熟识，我们在某个社团里共事过，但俞熠我没打过交道。但如果你在我们那所圈在山里的大学待上一根烟的工夫，你准能听到有关俞熠的传说。

我第一次看见俞熠，他正在光秃秃的后山上追着三个哲学家跑。深秋时节，山上刮着腥凉猛烈的风，夹杂着植被零落的味道，给万物泼上悲凉的底色。学校担心冬季的火灾，于是把树砍个精光。我们就坐在山脚的树桩上抽烟，仰视着金黄的山和太阳，谁都不说话，以求达到宠辱不惊，天人合一的境界。就在这么个午后，四个人在我们的注视下，踩着黑褐色的泥土，奋力越过沟壑，在山上冲刺，做折返跑。

　　跑在最前头的是个赤裸的男人，他一丝不挂地融入自然，像是从坛坛罐罐里跑出来的肉类腌制品，被油焗得浑身赤红。深秋的风爱抚着他的身体，可以预见那是种物我两忘的畅快。很快他的刀把就直挺挺地立起来，生猛锋利，因此得名"光杆司令"。那时我们都觉得他是人类的真相，因为在这个时代看清任何事都是难得的，尤其是装模作样的人。大家都说人被许多事纠缠，就会遮遮掩掩，忘乎所以，到后来忘记人本欢脱的真相。所以人类文明史就是个无视答案的过程。后来我们才明白，"光杆司令"是我们生命中遇见过的最快乐的人，是人类真正的哲学家。但那时，我们嘲笑他众目睽睽之下光着屁股，寒冬腊月睡楼道时，并不认为他超越了生命。

　　落在最后的是个哑炮，我们都这么叫他。因为他不能像我们一样，在某个特定的时节，焕发出强烈的生殖冲动，渴望把大山炸得炮火连天，夷为平地。哑炮几乎对山里每一个雄性动物都嗤之以鼻，我们都很想打着有伤风化的幌子，在他走路时疯狂扭动的屁股上来上一脚，但我们没有这么做，因为他说我们打他是打某种完美的艺术品，这样做是菲勒斯主义的体现，是要遭受批判的。我们不愿冒这样的风险。

跑在中间的是"埃克斯曼"，大家这么喊他，是因为他无时无刻不背着两把剑，叉成英文"X"的造型。起初真是银闪闪的剑，后来被学校没收后，再没人见他拔出过，我们一度怀疑剑鞘里装的是他的痰，因为学校不允许随地吐痰，他又有很严重的咽喉炎，只能吐在剑鞘里。冷兵器一下子成了生化武器，大家这么想后都认为合情合理。"埃克斯曼"成年后的生命里都穿着一身垂到脚边的黑色风衣，春夏秋冬，一成不变。这是他自己说的，那是他唯一一次开口和我们说话。

"哑炮，你后面要被捅上一刀啦！"有人喊。

而追杀他们的，就是那个思想主义百家争鸣的寝室里唯一的正常人。俞熠手执黑褐色的棍状金属制品，那是学校某座后现代主义雕塑上的命门。这座抽象的艺术品身上唯一具象的，是根像匕首一样长的菲勒斯（希腊语中男性生殖器的图腾），它是可拆卸的，因而时常在半夜被撬走。开春时节，你常常能看到冲动的男人们前来，对着缺失的一角集体瞻仰，顶礼膜拜。因而俞熠拿着这种圣物来鞭挞世俗凡人时，你很难不肃然起敬。

他张开手，这只握过圣物的手，在走出大山后，多少还保留着信仰的味道。它使我酒后兴奋地与俞熠握手，感受着当年那个秋日下午他发自肺腑的灵魂出窍。

"怪。"俞熠说,"那时候学校怪人真多,没几个能善终的。"

那天,我们都等待着这场戏如何收场。"埃克斯曼"踩到自己的风衣后一路滚下山去,他的脸上沾了不少黑褐色的泥巴,这让他看起来像个落魄亡命的斗士。他伤得并不重,只是脑袋受了损,这以后他听东西都只能听到一半,要么前一半要么后一半,我们都管这叫"随机听力"或是"选择性收听"。我印象中他是从西边的山坡滚下去的,那正好是太阳落山的方向。我看得很入迷,手里的烟灰自顾自烧了半截灰,被生猛的风吹散了我才回过神来。

事后俞熠受到了处分,连同拔掉圣物的罪过。我们都很佩服他多半是因为他不惧被扣上一顶有辱人类史的帽子,因为人类史是有容乃大的,是可持续发展的,而他试图杀死三个哲学家明显是阻碍了人类文明的发展。

"去你的主义!去你的人类史!"等我快讲到结局时,俞熠在酒桌上醉醺醺地高声呐喊。

但故事的结局远非如此。后来某个清晨,凡人们醒来发现赤裸的哲学家摔死在冰冷的水泥地面时,所有人都说那是血腥的一天,阴霾笼罩整个世界,天阴冷得没了气色。克服人性里的欲望真是件伟大的事,当时他们都这么评价他。对此我不认同，他从不克制，当我们都在和自己死磕，想要降伏自己时，只有他快活得像个人。

拉回现实。俞熠的传说的确是极好的下酒菜，它把我们拉扯向一个由共同记忆组成的魔幻岁月中去，但我无法把林深独自留下，即便他不曾在那个下午，和我们一起坐在扎屁股的树桩上抽烟看戏，但他必须精神投入，参与到我们所营造的认同感中去。

后来林深对我说，男人群居并非营造氛围那么简单。为了论证他的观点，他又打了个粗粝的比方告诉我说，男人这种雄性动物群居就会犯精神炎症的毛病。我问他什么是精神炎症。他说是过敏的内在症状，男人相处没办法太张扬情绪，比方说手拉手去上厕所不是在扮演亲密，而是在扮演性别阉割，类似的还有洗澡时不能名正言顺地谈论生殖器的大小，而是偷偷观察比较。所以只可意会的敏感都是表面谈笑风生，思想产生炎症。

我承认男人间的小心思就像骨刺，在你向某个人卑躬屈膝时，压迫你的神经，刺痛自尊。但我料定，林深与我一样，都很难超出校园里同窗友谊的认知范畴，这种关系里没有那么多利益纠缠，但现在走出校园，情况不同，因而我们对此话题的论争就像是做根本没有标准答案的阅读理解，推导结论翔实，但过程很一般。

那时李荀和俞熠在找我们三人的合租房，而我忙于工作无暇顾及。我们曾经在有关"价格"重要还是"位置"重要的问题上站过队，李荀坚定地偏好价格，俞熠则一脸无所谓。这种纯粹由经济状况决定思维导向的问题上，我不好表现出过多的冷眼和反对，毕竟这事关男人的面子。因而尽管不情愿，我还是在第一次集体抉择时态度暧昧，选择妥协，表示无条件支持。

"他们往你的膝盖上端了一脚，就等着你是膝跳反应，予以还击还是卑躬屈膝，顺从忍受。"林深说。

"你这是在煽风点火。"我回击他，"朋友间就是相互妥协。"

虽然我幻想过他们能找到两者兼得的理想家园，但我拎着行李箱在布满煤炭残渣的泥泞路上折腾时，我还是被现实迎面痛击了。很难想象当我从地铁终点站出来时，仿佛是踩在工业时代的尾骨上，出租房正对面一家煤炭厂，里面的煤球堆得比人类思想高度还高。据说这房子原先是煤炭厂的员工宿舍楼，经常停水停电，后来就租出去回个本。

房子后边则是一座寸草不生的荒山。我们曾幻想山的另一头是窥不见底的深渊，或是世界的尽头，那里埋葬过许多探险队和传说，美得像个谜。后来我们曾一往无前，登高而望，但目之所及不过是无尽的荒原，像是农耕时代泼墨的遗址，被时间揭开的谜底。因为荒原赤裸，没什么文明，所以我们叫它"文明广场"。按照这样的逻辑，我们就是道德模范，人类的战争史就是文明戏。

凌晨五点，晨曦初露，雾色还未散去。我在露天的阳台上点根烟，看着南北驶向的绿皮火车缓缓刺破灰褐色的迷雾，等到一节节地消失后，又是雾蒙蒙的什么也看不清。等到雾快散了，我们就跟在满载煤球的卡车后面，看着煤球从上面一点点掉落。

"甭看了！兔崽子！"老程对着我们喊，"就是你们这群文化人干的！"

老程是煤炭厂的安保队长，成天嚷着要抓文化人。据说总有人半夜翻墙进厂上厕所，原本厕所就年久失修，这一上超载了，堵得一塌糊涂。后来该嫌疑人再次犯案时，没憋住在墙上留下了罪证。于是老程就此写了一份名为"墙头大便案"的报告上交高层。厂长是个知识分子，大笔一挥改为"泼墨案"，意为"文化人肚子里的墨水漏了"，颇为文雅风趣。老程一直认为是我们楼里的人干的，逮着机会就给我们扣"文化人"的帽子。

骂得多了，我们也高声赞美他，文化人不说二话。后来老程很久都没再出现过，据说是研究此案证物时鬼迷心窍，浅"尝"辄止得了胃炎，提前退休了。我们很想念老程，他是我们来这里的第一份快乐。

但无论如何我们始终不信。等到跟着卡车走远了回头望，那里就平白无故地矗立着两栋土灰色的小楼。我不相信，李荀和俞熠也不相信。他们清楚地记得那个意气风发的销售员拿出合同时，脸上飞扬的虔诚。

"黄金地带，不看房子，直接签，五折。"他说，"交通便利，自然和谐，人文情怀，万事俱备。"

那份闪烁的合同就摆在他们面前。李荀说人类最好的归宿是住进歌颂功德的史书里，最差的是往千夫所指的笑料里跑，只要在这个区间里，他都可以毫无顾忌地签上字，而俞熠也愿意赌一把。可谁知真有区间外的世界，谁知逢赌必输，所以此时此刻他们信了。

和我们一样不相信的还有住在楼下的何平，他说他不相信这里有房子就像不相信自己这么落魄一样。我听到他说这话，是在刚搬进来的某天晚上。那晚我独上天台，思考着"我是否是鱼"这个哲学命题。这个时节一到晚上天不容易黑透，很容易让人窥见深蓝的底色，上面有时白云纵横，有时风雨游荡。这时候我很喜欢把自己遐想成浮游天地的某种翼鸟，趁天还亮着，从每个光秃秃的颅顶掠过，投放炸弹。这种奇幻的想象在断电后最为自在。和我一样天马行空的还有何平，那晚他正在天台打坐，考虑人能否像气体一样挥发的问题。

后来李苟和俞熠对何平很感兴趣，于是特地喊上他一起去天台吃火锅。这里夜晚断电是常有之事，这时候我们就喜欢聚在天台上侃侃而谈。此刻就是这样，一群人支起雾气腾腾的锅，听何平说话。

何平说他第一次见我时，觉得我这个人长得尖嘴猴腮的，有返祖之相。由此说明我有追求自由的灵魂，因为猴子就是无拘无束的。后来他见到俞熠时悄悄对我说这人有点丑，多半是他爸在造人时，在某个瞬间对世界的真实性产生怀疑，极大削弱了他的热情，因而造出来的质量很容易模棱两可。

何平说他是个有伟大构想的作家，尽管他还没写出什么像样的作品来，唯一颇具艺术水准的就是提前给自己写好的悼词，在那份后现代风格的悼词里，他写道："大自然的朋友，在座的亲人，手淫哲学家，海马何平，请复活吧！"对此，他有必要声明：本人没什么朋友，所以是大自然的朋友；地球一家人，所以是在座的亲人。本人像海马一样活在陆地上，手淫是感知自我存在的方式，如若不能复活，烦请安息。

我们都觉得何平极具艺术气质，就因为他与我们交谈时常常毫无征兆地静止，像凝固的雕塑一样。他说那个时刻他正在毫不含糊地构想，思想飞得厉害，超脱了肉体。我们吃得正兴奋时，他突然仰头凝视似黑未黑的天空，一会儿对我们说他刚刚灵魂出窍，跑去非洲热带雨林里和三个猴子吃火锅。

何平说他打小就这样，终日被无穷的想象缠绕，常常引颈向天，目空一切，所以大家都叫他"颈部运动员"。他解释说这是思维革命，人类制造了一切东西来延伸器官功能，所以肉体放空，思想放飞是进化趋势，他这是行为意识超前。他对我们说看着吧，一百年后准有一群史学家翻着野史说："瞧！以前就有个天才和我们一样，将人类的文明引向意念空间里去。"

在那个空间里，何平是文明的始祖，是一切荒诞的源头。在那里巴旦木是剥了壳的人心，雨天撑伞的姑娘要坠入宇宙，每个人都要在沸腾的雾里来去自如，数天空坠落的月亮。

后来我们还特地跑去何平家，据说他收藏了许多奇异的动植物标本，比如大象的鼻毛，猴子的智齿和长满脚癣的鸡爪，以及一颗青春期早夭的猕猴桃。该桃硬度空前，如果俞熠被砸晕过去，那它多半就是作案工具。最奇特的是块黑石，据说是恐龙蛋化石。但我们并不看好，俞熠猜测里面装的是原始人的一口痰。这个想法荒诞空前，我想他还没从"埃克斯曼"的故事里跑出来。据我判断，里面应该是某种超脱生命的微生物，不受限于自然科学，独自活过万年。假如劈开石头，兴许还能将地球生物史再延长一些。但何平说他不会劈开，因为无论如何，这都可以视为"假定性的真实"，即假定它是真实的。也就是说你认定它是真，那它便是真，始终假不了。

　　按照这样的逻辑，那何平的伟大构想也一定为真。或许百年后有人会指着一个鲜红的大脑说"看，这是个抽过筋的脑"。假如发生这样的事，那这个半真半假的世界将变得无比有趣。

四

　　如果林深说要带你去放松放松，多半是想与你缔结友谊。这个友谊与我和死党裸露屁股的伟大友谊不同，我和林深管它叫"手足情深"。具体来说就是结伴去足浴店露马脚。林深说他与鹿冬是伟大的爱情，他不允许任何一个女人插足爱情，管住他的下体。他以此设立的距离是一米，也就是说一米之内不能有其他女人。按照这个距离，足浴刚好就是最大尺度。但凡事总有例外，林深说有一次某个女人过了界，一路摸到他膝盖，这让他身负罪恶感，每当想起他和鹿冬伟大的爱情时，都想跪下忏悔。但他言出不必行，他从来没跪过，甚至这个想法活不过一根烟的工夫。烟抽完了，痛心疾首的忏悔也就烟消云散了。鹿冬每个月都要回趟家，不用你说，这时候林深一定是心痒脚痒。

今天就是这样。下班后他开车带着我去接李荀和俞熠。俞熠比较好接，他在一家电梯公司上班，据说他初中有阵子喜欢扒电梯门，全小区的电梯都被他扒坏了，后来又扒了学校里唯一一部电梯，害得肾虚的校长每天气喘吁吁地上下楼，差点要去半条命。现在懂事的俞熠学会了修电梯，顺便逮着几个像他一样喜欢扒门的小兔崽子。他说城东几个高档小区的电梯都归他管，他要在大腹便便的小老头面前逞能，敞开扁平的胸怀，管住他们的上升通道。但电梯不常坏，门神俞熠的日子就清闲逍遥。李荀则反之。他在一家互联网公司做数据运营，要接到他，起码要等那些个住高档小区的小老头们都回家了。

天色已黑。李荀朝我们走来时左摇右晃的，像只网上冲浪时瘸了脚的旱地企鹅。李荀天生易出汗，尤以腹股沟最甚，所以发炎是常有的事，一走路龇牙咧嘴的疼。你常能看见他将腿翘到桌上，在红得如苹果，烫得能烙铁的沟壑里来回搓膏药。起初我和俞熠还会屏气凝神，仔细端详，再点评几句，时间久了我俩也就见怪不怪了。李荀这人一身的小毛小病，天气一暖皮肤就红通通的起疹子，风吹久了脑壳子容易炸，再有就是除了看女人，眼睛看什么都容易乏。我们都说他将来准要生妇科疾病，好让科学家们在他死后拿他的躯体研究人类病史大全。李荀说这些准是小时候吃铅笔头和死金鱼闹的，是后遗症。他上小学那会儿笨得不像话，搞不好稍微一动脑筋，脑子就二级烧伤，有人骗他说吃铅笔头治笨蛋，于是他找机会啃光了学校里所有的铅笔头。医生说你这样啃下去，还没笨死就先毒死啦。后来又有人骗他说吃死金鱼能治铅毒，得亏他做水产养殖的爸多留了个心眼，才没有让他的笨蛋儿子把几千条金鱼都装入腹中。李苟一直到高中才开窍，后来也没做什么傻事，可以说迄今为止他是我朋友里最正经的。

李苟说，在那个打着粉红灯光的房间里，他做了个无比清澈的梦。梦里表现出狂暴浪漫的王尔德给他讲荤段子，邋里邋遢的凡·高喂他吃猪肉罐头，还有普希金往他腹股沟里抹药膏。他望着天，天上白云褶皱，变幻莫测。太阳也照得人慵懒至极，困意阑珊。他的脚无比舒适，像泡在春水里。一会儿有什么东西往脚心里钻，疼得厉害，醒来才发现我们都在笑嘻嘻地捣鬼。他对我说这个梦境无比美好，小时候他把许多书都枕在头底下睡觉，想着与这些人在梦里相见，但每次都睡不踏实，醒来后项上人头剧烈地酸痛。到头来这个美梦是女技师给的，这是他万万没想到的。

李苟还和我说起最近的梦。他梦到载着我在大山里骑行，迎面的风吹得猛烈，他把持不住车头，摇摇晃晃地一路向东，太阳马上就要升起来了，曙光镶着山坡的金边，他当时觉得他这一生绝对非同寻常。这是曾有的事。大学时我和李苟加入了某个登山社团，某天清晨，我们登顶后俯视着雾气茫茫的群山，凛冽的寒风从山涧里吹过来，吹走时携走我们的灵魂。那阵风让我们有羽化登仙之感，这种感觉如此强烈，以至于离开大山多年也没有忘怀。我们将此称为"理想主义余孽"。林深和俞熠没有这种感觉，足浴结束后，在他们外出找乐子的这段时间里，我和李苟就准备在静谧的澡堂里度过后半夜。

李苟赤身裸体地看着我，说想和我谈谈。

那天一行人还未登顶，谁也不愿再上去。远远的西边一个小山头，顶上一棵孤树。那是方圆十里最高的地儿，但那里死过人，就吊死在树上，大家都叫他"枢（树）密使"或"死得其所的树先生"。所有人都说那里是不祥之地，是理想主义者的墓穴和归宿，因而群山中唯独这座，几年来都未有人登顶。

李苟说当时他要上去的冲动是突然而至的。就在他起脚的一刻，我也毅然决然地随他而去。很多年后我们依然难以说清那种冲动是探寻事实的本质还是年少轻狂的叛逆。总之雾霭沉沉，我们奔着归宿去了。

说起来我们都听过他的故事。上学时他爱树，爱住在树上，爱往上面打洞，爱在雾蒙蒙的清晨引吭高歌，惹得群鸟惊厥而起。大家都说如果法律允许人和树结婚的话，那他将妻妾成群，遍布山野。那时候躲在树林里偷偷抽烟的人不少，大家都抱着做坏事的强烈动机，巴不得把这里烧为灰烬。有时他像打骂牲口一样把他们赶下山，因而大家都讲他的坏话。有人说他是树精投胎，菲勒斯粗壮得吓人，树洞就是这么来的。有人说他把一个野女人藏在某个树洞里，怕人看见他们野合，甚至有段时间，真有人翻遍山野去找这个传说中的女人。这都是极离谱的，但怪人身上不背着几个离奇的传闻，大家都觉得说不过去。

起火是某个傍晚。往后谈起时，大家都说那天的夕阳要落不落，仿佛心有不甘，看着就像要有坏事发生。起火原因不详，但一致的猜测都是烟头。有人说火海汹涌，把天烧得通红，肯定要戳出个窟窿来吓人。还有人说那场火远远看着像是归宿，所有人的归宿，世界的归宿。只有仰望覆没天地的灾难时，人性里的悲悯才会共通。某个时刻，他们的想法达成了一致：我们从小被要求学习乖张，学习适应并改造世界，但某一刻我们巴不得看到世界毁灭，觉得烧成灰烬也不足为惜。但很快，这个想法和大火一起被扑灭了。他们觉得自己罪孽深重，是祸害世界的毒瘤。

李苟说他也有这种感觉。那天当我们瞻仰丰碑，看到树枝上年久未褪的勒痕时，诞生了一个想法：他并非只是个爱树的理想主义者。他把自己想象成树，想与树结合，物我两忘，天人合一。我们都没这么想过，我们想的是怎么利用它，怎么催生它，甚至上面吊死人时，怎么诋毁它。他说你看当我们被许多想法拉扯时，活得确实不如一棵树，所以罪孽深重。

火灭后，山上万木皆焚，满目疮痍，所有人都伸长着脖子，准备看人树殉情的好戏。有时候共识都是反人性的，大家觉得他该死，不死对不起大家的愧疚。可这该死的混蛋偏偏不死，于是所有人都骂他不通人性，不解风情。那时候流言闹得很凶，谁都想揭发他。总之每个自称有良心的人都想在他脑子里放个空枪，吓得他自我觉醒，自寻死路。

谁也没想到多年后，他做环保出了名，作为优秀校友载誉归来。那晚有人看见他对着光秃秃的大山举杯，独酌良久。大酒过后的清晨，一声响亮的喊叫后，没什么鸟惊厥，也没什么声响。薄雾散去，人们才发现远远的山头上吊死个人，他的尸体就在大风中摇摆，看着很渺小，像脱水紧缩的鱼干。后来有人说他醉酒误事，死不足惜。也有人说他只是表面风光，实际破产了，老婆也跟人跑了。总之这个人早晚得死，不得善终。

但我和李苟不这样想。我们俯视群山时，有种强烈的豪壮感，觉得这辈子要大有作为。它迫使我们乐观，对着山野直抒胸臆。冷静过后，我们坐在树下，揣摩其意。我们总认为人与万物最大的区别就是思维，善用脑子，简单来说就是要么讲道理，要么在不讲道理上很讲道理。就算虚伪，也要合乎逻辑。但我们错了，树向阳而生，背阳而枯，遵循自然法则，生与死都合乎逻辑的真诚。树的逻辑是

最后我们达成一致：他并非因为认清现实，失落而死，而是认清了自我。这个理想主义者，以人之逻辑活了半辈子，最终还是选择出于本能，脱离肉胎，追随天人合一的理想而去。

回到队伍里，天就要大亮。我们集体眺望着那棵孤零零的树，太阳就要照耀它。有人说，理想就像飞鸟，除了留给你一闪而过的幻想和满地的鸟屎外，什么都没留下。这句话我一直记得。

后来学校为了纪念他（也有人说是怕阴魂不散），立了个雕塑。因为分不清他到底是树还是人，所以做出来的东西模棱两可，走了抽象派。唯一新奇的是，故意把他的费勒斯做得大一点，还能拆卸自如，这样拆掉是树，装上是人，一举两得。

李荀之所以要说起这件事，是因为那是我们生命中重要的节点，它让我们有了非同凡人的顿悟。他说如果可以，他也愿意为理想而死。这个故事如此动人，以至于当天快要亮

时，我们还是很难从中超脱出来。后来穿衣服时，李荀突然闷头大笑，说他想起我在大学里干过的坏事，因为此事他对我的印象极为特殊。

事情是这样的：那时学校严查在教学楼里抽烟，我们熬完歪嘴老师的课，饥肠辘辘，烟瘾难耐，又经不住做坏事的冲动，就偷偷跑到厕所抽烟，美其名曰"野餐"。后来有人打小报告说林某等人在厕所搞游击战，破坏禁烟事业。于是学校责令我们打扫厕所，以儆效尤。扫到一半，脑浆沸腾，我突然想起某小说里主人公厕所题诗的故事来，于是心血来潮，提笔在男厕的门上写道"不要人夸颜色好，只留清气满乾坤"，在站便器的墙上写道"大江东去浪淘尽，千古风流人物"。另外排粪水渠旁的墙壁最白，余地也最大，写上"嘈嘈切切错杂弹，大珠小珠落玉盘"。但野餐的食友说厕所须论爱情，否则一不高雅，二说明肚中无墨。于是搜肠刮肚后，我在水渠的尽头题上"愿君多采撷，此物最相思"一句。妙哉，我甚是满意，食友也极为满意。后来有人说林某亵渎先贤之言，已是罪加一等。况且还亵渎爱情，将之与屎尿屁混为一谈，实在是不文明。这就是当时震惊校园的"林积极厕所题诗事件"。

李荀说，他始终觉得我很独特，尽管大家都说我是个舞文弄墨的恶棍。那天我步法灵活，爬山爬得飞快，很快我的背影就模糊在白茫茫的雾气里。那时候天色暗淡，白鸟低飞。他想兴许以后能和我成为朋友，兴许这一切都是命中注定。

黎明时分世界泛起了薄雾。林深说他和俞熠没找到乐子。后半夜他们开着车在城市里胡乱地游荡，疲乏了就泊车路边眯上一会儿。林深后来说，关于那天，他想道：再过几十年，他就会像老去的柚，表皮干瘪缺水，里面的心萎缩发黑，一天天硬下去。他说人都会这样，浑然不觉间就会变成气体，弥散在大气里，好像存在，好像又不存在。所以他觉得眼前的一切可能真的不存在。可他后来又说，这一切都是自然而然的，都是命中注定。

天快亮时，我们都很疲惫，汇合后弃了车，坐车回去的路上都做起了梦。他们后来都没告诉我梦见了什么，但连绵的山是有的，风浪席卷的树林是有的，苍茫的天地和细碎的光也是有的。其余的，谁追逐了谁，谁渴望了谁，谁向阳而亡，这就如同生命一样，梦里梦外都是个美丽的谜。

五

　　九月底，月黑风高的一天，张秃子说带我去看鸟。传言他喜欢养鸟，尤其是鸽子，养得独具匠心，据说家里坛坛罐罐里腌着数不清的鸽子，种类俱全，大小不一。这多半是真的，当他用手挑逗雄鸽使它发情时我就相信了。这只雄鸽"咕噜噜"地叫，睾丸充血，颈项吹气般扩张，全身羽毛松开，求爱不得。张秃子边捂裆边坏笑着，一会儿拿肉鸽烫火锅时，他吃得比谁都欢快。

　　我一头撞在张秃子裤裆上时，可没想到世界上会因此少只鸽子。后来林深说鸽子象征和平，张秃子不会因为裆部红肿杀死我，显然是用和平换来的。前几天在单位组织的篮球赛上，我在混乱中被人推倒，等我从地上爬起来时，张秃子已经手捂裤裆，伏地惨叫。推我的人是林深。

林深说张秃子这厮手黑，喜欢趁这时下手推人，隔山打牛。去年的球赛上他就是那座"山"，被打倒的"牛"是另一个小领导，据说张秃子和他素来不和，但球场上出意外，谁也不敢声称这是阴谋。可惜了这头牛，捂着肚子倒地良久，在家歇了大半年才来上班。林深也因为这事吃了不少亏，所以张秃子这次要故技重施时，他瞅准了时机，赶在他动手前，牺牲了他好哥们的项上人头，精准打击了张秃子的软肋。

林深还说张秃子这厮睚眦必报，因此看到他那副惨状，高兴之余多少替我担心。但后来一想，反正我都要被当作山，这样牺牲得有价值。我想也对。但过了几天张秃子说要带我去看鸟吃火锅，林深这才意识到事情的严重性。

"这是鸿门宴呐！"他眯眼皱眉，鼻腔扩张，这副鬼样子我记得很清楚。

我诚惶诚恐地跟在张秃子后面，看着他带着欣赏的眼光打量每一只雄鸽，然后看着他用批判的思维从火锅里打捞出每一只刚刚被他欣赏过的肉鸽，最后再看着他埋头咀嚼时光秃秃的颅顶反射出的刺眼亮光。

张秃子说很欣赏我，十几年前在菜地里他就对我爸预言过我的能力。他说林化学你是个人才，你将来生的儿子也会是个人才。他说假话毫不含糊，我也不能含糊。他问我知道他和我爸主动帮助贫困农户施肥的事吗，我说不知道。他说上高中那会他和我爸帮同学们节省排便空间，无偿给农户贡献宝贵的养料，好事做尽。所以大家都叫他拉希德张，"拉希德"在阿拉伯语中代表正直虔诚的意思。他说你看，同学们都认同他是个好人。我一拍大腿，醒悟道：难怪大家都赞美您菊花高尚张居士，裆口能够碎大石。他很高兴，说谬赞谬赞，为同志们服务。

张秃子说人生是有错落感的，别看他现在有头有脸，三十年前的土屋里，那个十岁了还衣衫不整的他，往上看人生还雾茫茫的，什么也看不见。那年有人给他两分钱，让他去偷看一对狗男女造人。他不理解什么是造人，但他愿意为两分钱冒任何险。他对我说真是有趣，那个十岁的小孩踮着脚头往屋里探，屋子太黑，脖子伸得长长得好像要断了似的。他爸路过问他在看什么，他说好东西。后来他爸拿着枣树枝追着他满村跑时，他有种英雄就义的感觉，十分强烈。他看见沿河的树枝丫低垂，几乎浸没水中。天上的云时卷时舒。给他钱的孩子笑得东倒西歪，不留余地。他爸边跑边骂他是该死的混蛋。那天的光景让他至今记忆犹新，他下定决心要出人头地，让所有人都对他刮目相看。

后来遇到了我爸林化学。他说林化学喜欢在施肥的时候给他讲化学题，他们把这叫"开小灶"。两个瘦骨嶙峋的小孩在菜地里缔结了深厚的友谊，直至今日。所以我应该管他叫张伯伯。

他说乖，叫吧。

我深受感动，他在我心中的形象由软向硬，秃头也变得光鲜精致起来。可就在我几乎认可他时，他一口肉喷在桌上，大声质问服务员肉鸽的睾丸是不是被他们偷了。服务员说烫的可能是天阉之鸽。张秃子激动地质问她你这是什么逻辑。两人互不相让，逐渐趋向于武斗。这让我立马从他营造的情怀里抽身出来，恢复冷静。

事实证明，张秃子言语文明，态度谦虚，坚持以理服人，一点也没摆主任的架子。服务员被深深折服，决定临时阉一只雄鸽。一会儿结账时，张秃子非要打包火锅汤底，多此一举为难服务员。坚持为同志们服务的他，终究还是被人服务了。

"寸步不让，不拘小节。"他捂着裆，笑嘻嘻地抽着烟，用领导的口气对着我宣读八字方针。

晚上林深说张秃子这厮动坏脑筋，想和我套近乎，多半不是什么好事。他反悔说吃鸽子不代表张秃子不想杀死我。他说你看，人之将死其言也善，这是确定的，唯一不能确定的是谁死。于是他排列组合了三种可能：

他死。裆部红肿得太厉害，无药可救。

你死。他因为裆部红肿得太厉害报复你。

一起死。武斗的时候将死之际你自卫反杀。

当然，他补充说张秃子阉了我报仇也合情合理，于是我自暴自弃。这点加在第2条后面。

这种局面让我也自觉惶恐，提心吊胆了两天。等到第三天张秃子突然拿着耳勺来找我时，我意识到大限将至，准备受刑。可转念一想，用耳勺阉尺寸不够，看来他的思维被自己的大小局限。

"来，帮张伯伯挖耳朵。"他说。

很快我洞察到这是个陷阱，因为他的耳朵里没什么耳屎，我不能告诉他挖出来的都是肮脏的思想，粗鄙的灵魂污垢，这样不好。我屏气凝神，双目聚焦，准备在临死前好好地给他清除耳垢。

"想和你商量个事。"他闭着眼说，"帮你爸的朋友，你的上司，你的张伯伯写封信。"

"信？"

"单位里有些同志出了问题，我们应该及时告诉组织，帮他纠正。是这么个道理吧？"

"是。"

"对嘛，就说你有觉悟。"他很高兴，"就署你的名字。"

我一哆嗦，劲大刺穿了耳膜。张秃子流着血，兴奋地手舞足蹈。

林深说我早晚要吃批评。张秃子这人自尊心强，要面子，但他不会就事论事地批评你，这样显得他小肚鸡肠。之前因为无意中喊了他的洋文名，他就在大会上说林深作风不检点，说有人举报林深耍流氓，故意裸露下体吓唬女同志。这事林深没办法自证清白，只好低头就范。现在轮到我了，下一个流氓。林深说张秃子给了我机会，可惜我不中用，还挖坏了他听取意见的窗口。所以他要在大会上就当众撞击下体的事报复我。

这回林深猜错了。在一片热烈的掌声中，张秃子微笑着与我握手，并就我"奋力打通老同志任督二脉"一事重点展开。连同我一起接受表扬的，是剩下的所有人。也就是说张秃子耗尽了褒义词，把上上下下赞美了个遍。林深没什么好表扬的，于是张秃子就说他"对女同事坦诚相待，帮助领导学习英文"。

会后，张秃子单独找我。在单位里，张秃子和我关系疏离，保持一定距离，所以他单独把我叫到办公室时，都是以工作的名义。

"怎么样？"他很高兴，"红旗招展，热血沸腾吧！"

"是。"

"对下属要有奖有罚，你记住了。"

"记住了。张主任，昨天的事……"

"你这是什么话，你张伯伯不是小气的人。"他边说边往耳朵里给药，"昨天的事你考虑得怎么样啦？"

不用看，相由心生，我多半是面露难色了："张伯伯……"

"不急，再想想。"他招呼我，"到这来坐坐。"

他拉着我坐在他的椅子上时，我就觉得不合适。不是身份不合适，是尺寸太大。他椅子上有个硕大的陨石坑，我屁股小，一坐就陷进去，还打滑，坐不踏实。据我观察，这个陨石坑里油量丰富，我当时就明白原来人的屁股里也有这么多油脂。

张秃子又给我打感情牌。他说毕业那年，学校看他和林化学"施肥"有天赋，就把他俩分配进了化肥厂，他们积极进取，激情似火，一干就是十年。后来他被调到了苏城，要更进一步。走的那天，林化学哭得稀里哗啦，这场景张秃子说他这辈子都忘不掉。

林化学说："老张啊，到哪都不能忘了我们在菜地里许下的革命理想啊，我会帮你，我将来生的人才儿子也会帮你。"

张秃子说你看，我和你人才老爸结下了多么深厚的革命友谊。

这多半是假的。我了解林化学，他这个人没什么志向，不可能积极进取，自从我认识林化学起，他就待在化肥厂厂长的位置上不挪窝，整天喝酒打牌吹大牛。要说他二十多年前是个有进取心的有志青年，那多半是野史造的谣。

在张秃子一门心思给药，疼得龇牙咧嘴的时候，我想谈谈林化学这个人。

林化学，原名林进取，20世纪70年代生人，早年经历不详。九十年代中旬与同乡一女人诞有一子，取名林积极。林积极就是我，我就是林进取的朋友林积极。我十一岁时，我妈在和林化学闹离婚，他气得一塌糊涂，把刚买回来的鸡蛋往墙上摔，蛋液挂不住，沿着墙壁一路向下流。我妈当时对我说，你爸就像这黄蛋液一样下流。这场景我记得很是清楚。小学毕业后，我就与林化学不再以父子相称。他曾经一度很恼火，让我吃了好几个耳光，他手上有劲，扛几袋化肥都没问题，所以打人疼得厉害，可我还是不叫他。这场景我记得也很清楚。后来他发现自己的确没什么父亲的样子，也就乐于和他的混蛋儿子做朋友。我常年和我妈住一块，他来看我时喜欢在门口点根烟。那破屋子一到下雨天就漏水，叮叮咚咚地响。风声又紧，吹得窗户摇晃，随时都要散架。我妈说以后你别来了，你一来房子就要被风雨浸得发霉，晦气。林化学烟吸完了，看了我一眼转身就走。这场景我记得最是清楚。

后来林化学再也没来过，都是我去看他。看他在牌桌上诈金花，口衔臭烟，眯着眼搓牌，然后把牌甩得四处飞扬，直到牌友都被炸走了也没发现我。大学毕业后我在家当了两年老师，觉得甚是沉闷，想离开这个是非之地，于是林化学走了张秃子的后门，把我送了进来。送我走的那天，林化学也是哭得稀里哗啦的。因为他听说电话那头他的金花让人给吃了，受他遥控指挥的那家伙被骂得狗血淋头，搞不好晚节不保。所以张秃子给我描绘的那场面，我怎么也想不出来。

"积极啊，你做事得积极啊。"张秃子把椅子拍得震颤，"想不想坐在这个位置上？"

他和哄小孩没什么两样。这个椅子上油太大，很容易往下摔，但我必须说："想。"

"你也不是小孩了，敞开了说，伯伯没有孩子，我希望哪天我退了，你能坐在这——换句话说，这都是为了你啊。"张秃子给我画了张大饼。

这让我想到，人类发展的本质兴许就是画饼：将士出征前画饼，这叫动员；权贵给百姓画饼，这叫统治；人给自个儿画饼，这叫理想。世界要是毁灭后，准会留下一琥珀，掰开一瞧，里头一张成分不明的饼。文明呐，就是人类画成的一张饼。

他后来又说："你没把这事告诉谁吧？"

我说没有。其实我告诉了林深，但没有交代我和张秃子的关系。他一直以为张秃子要我写举报信，是因为我撞坏了他的裆，掏破了他的耳朵。所以在这件事上他觉得有愧于我，如果不是他推我引发的蝴蝶效应，可能我还心无旁骛地听着长舌妇们说三道四。所以他说要帮我。

据他的分析，举报信很可能指向范大发。范大发何许人也？如果你在这个体制内的边陲单位走上一圈，准能听到有人在谈论他。长舌妇们说他英俊潇洒，并且乐于奉献地想为他在体制内生一群小范。发量正常的男人们都说他好善乐施，有麻烦找范大发，准能解决。他上不负领导厚爱，下不亏待员工，大家都觉得他有前途，将来准要大发，所以叫他范大发。由此可见，范大发是张秃子当选总经理最有力的竞争者，所以搞掉他合情合理。但我们都小瞧了张秃子，即便年初的换届选举迫在眉睫，他仍然摆出一副淡泊名利的模样，不仅不抢范大发的风头，还多次大张旗鼓地歌颂其功德，虚虚实实的做派让人捉摸不透。

除了范大发外，张秃子还有两个对手：李海龟和王炸弹。李海龟这人是个海归博士，据说在大海那头研究的是性，所以到了这头堂而皇之地看色情杂志，他说这是温习功课，解放人类。李海龟这人龟得很，行事胆小谨慎，从不得罪人。

但他又有作为知识分子的高傲，于是他的说话逻辑就成了明夸暗贬的讽刺，把文人的得意与不屑都藏在不显山露水的讥讽里，这让他独自创造了一种乐在其中的语境。对此林深评价道：有的文人就像糖蒜，在糖水里腌久了忘乎所以，拍扁了才闻出本质上还是蒜味。所以他应该叫"李龟蒜"。我对李龟蒜不熟悉，但明眼人都看得出来，他是游离于候选之外的。

林深说，他最喜欢的领导就是王炸弹。这人不像范大发那样刻意迎合，也不像张秃子那样老谋深算，作为知识分子，也洗掉了身上糖蒜的迂腐味，这人没什么架子，也没什么野心，遇人和善说话和气。林深说这人很有意思，一直把自己做炸弹的坏事挂在嘴上。高中时王炸弹不是什么好学生，这是全校皆知的。因为他的名字像黄鱼干一样被挂在校史上。王炸弹后来见人就说，那天下午他看见硝酸铵燃烧的白色火焰时就觉得有大事发生，他的手被染得暗黄，看着很丑陋。他在操场的角落里做土炸弹时觉得自己像恐怖分子，事后他被人团团围住，警灯盘旋时，他才有种英雄就义的感觉。事后学校也没有开除他，而是积极改造他这个天才。他说这个炸弹不坏，把他脑子里的坏想法和小毛病都炸没了。他后来读了很多书，就是为了刨除人性里的鄙陋。事到如今，王炸弹还是不清楚当初为什么要做炸弹，但往后做个好人显然更为重要。

　　林深说他隐隐觉得这人还是像颗炸弹，虽然表面上不争不抢，但他实际上很有想法，做事不爱出风头，但很有水平。但就目前的情况来看，总经理这个位置还是范大发和张秃子的二人转。有了以上这个逻辑，我心里多少有了些底。

　　可没想到，这段时间，日子过得很平淡。每天都是听长舌妇说废话，谈龌龊的事。张秃子也许久没再为难我。其间的某天林进取给我打过电话，问我近况，兜了一圈也没提张秃子。后来我才明白，这两人是串通好了的。林进取知道我吃软不吃硬，这是我的本色，因而软硬兼施最佳，他打我巴掌我也不叫他就是最好的佐证。所以他提议张秃子要及时后撤，不可冒进。想到这点我不禁感叹，看来举报信是避无可避的了。这个看似平静的小单位里，暗流涌动，注定要有大事发生。

六

俞熠死了，所有人都这么说。他白肚皮朝上，像死鱼一样躺在地上一动不动。傍晚来临，天色要沉下去。围观的人都说，这男人真白，就是五官有点不明朗，像是揉面时力使得不均匀。他要是眉清目秀的，大家可能会觉得他死得很可惜。这些都是何平告诉我和李荀的，那时候我们正在拥挤的地铁上灵魂出窍，天人合一，无福看到红色的夕阳和死得足惜的俞熠。

可我们回来时，俞熠活得好好的。所有人都说他死了，他还是那副欲罢不能的鬼样子。我们都怀疑是自己合一得太厉害，分不清真假。于是我们想到扒他的裤子，因为俞熠说他的屁股异于常人，是股民的心头肉。等他赤条条，红通通的屁股裸露时，我们才肯定他是真的没死。我问你怎么没死。他提上裤子说你们好像都盼着我死，那给你们讲讲经过。但他又立马改口，让何平来讲。

根据何平的话，故事见述如下：

事情是这样的：昨天何平在进行伟大构想，在他的想象里，人类要从情感里剥离出来，彼此之间没有爱情，绝经绝育，那重点就是无性繁殖。他为此苦恼，就在这时，俞熠跑过来说他爱上了楼下穿白大褂的女人，想和她繁殖，需要何平这颗伟大的头颅出出主意。这个女人昼伏夜出，我们都没见过，不过推断是常年在医院值夜班的护士。俞熠看见她是在前几天的某个凌晨，天色还很暗，他起夜后突发奇想去阳台上抽烟，看着远处飘过来一袭白衣，夜色里他看不清女人的长相。这场景很是惊悚，但他莫名兴奋，巴不得跳下去一探究竟。俞熠说他也有伟大构想，他想象这个白衣女人口衔明月，眼含春水，鼻落枫林，耳纳沧海。他接受了这个自发的构想，于是他说要为这个女人死去活来。何平听后建议举行一次搏斗，然后在她回家的路上佯装倒地，以此博取救助和爱抚。俞熠说这很好，这能充分激发她作为医者的仁爱之心，是直抒胸臆、知己知彼的战术。

说到这时，何平静止了，他又回到了无性繁殖的伟大构想里去了。于是俞熠接着说道：坏就坏在郑直这个人身上。他没想到在如火如荼的搏斗时，会有个男人从后面悄悄摸上来，给了他后脑勺一记重拳，当时他就晕过去了。在他将要晕厥过去的片刻里，他想这个男人的拳头真硬，敲得人浑身酥麻，要是苦练敲背推拿，必定是把好手。后来他才知道，郑直拿的是一口黑锅，他们拿它吃火锅时可没想到还能捶笨蛋的头。那口黑锅就挂在门口，这是俞熠的主意，说它能辟邪。辟不辟邪不清楚，中邪是一定的。

后来郑直说是看到俞熠在以大欺小，所以揭锅而起。俞熠这人膀大腰圆的，打谁都像欺负人。所以郑直痛下狠手前，并不觉得自己冤枉忠良。郑直说他挥锅时很带劲，那一刻替天行道的热血让他欲罢不能，所以他拉满弓，摆好架势铆足了劲，这一锅下去，俞熠头上秃了一块，人也应声倒地。由此说明郑直的武术不是白练的。

郑直这人是武术迷。每天清晨他都会在天台上练功，有时候我们会爬上去看他。他的招式千变万化，几乎是即兴发挥，同一套招式前后两遍丝毫看不出关联。但他说这是意境，春风化雨的意境。我们不同意，说那是无实物表演，在表演抽搐，气得他想要在我们身上实战演练，以暴治愚。可他没有这么做，他也不会这么做，我们都很喜欢郑直，因为他为人善良热情，乐观积极，这很难得。

郑直双腿的骨骼天生发育不良，没法发力打直，走路东倒西歪的，看着像要散架。小时候有人骗他说练体操能治病，其实是想看他的笑话，但他信以为真。后来他又爱上了武术。人都是这样，往往对天生缺失的那部分迷之神往，穷其一生地追求。

郑直还养了只瘸腿的狗，撒尿时撅不起后腿，总尿在自个儿脚上，跑起路来总是湿哒哒的一排爪印，一深一浅。它常来舔我们的脚，以示友好。但据说这只狗凶狠异常，常常以一敌多。某次力竭之时，郑直将它从野狗的围攻中救出来，一直养在身边，像是种对同病相怜者的垂青。听说贱狗要富养，于是郑直给它取名"爱新觉罗·跛脚先生"。但有人说郑直救它时，杀死了霸凌者中最凶狠的那只。那只狗的脑袋回归了蛋白质的本质。楼里关于郑直的传闻颇多，除了说他杀狗凶残外，还传言他有洁癖，爱好女装，最离谱的是说他家的马桶安在天花板上。这些传言都被记载在一本叫《河底海怪》的书中，上面记录着各种揣测和假想，也有经过证实的推理。但书写者笔迹各异，想来是本公共笔记，谁都可以妄言两句。我们喜欢没事拿来当笑话书读读，但关于郑直的这部分我们总是将信将疑，一笑了之。因为郑直其人善良乐观，待人热情，很快便与我们成了朋友。

但俞熠依然有话要说。他摸着头上秃掉的那块，愤愤不平地说郑直下手忒黑了，果然修车的手上有股子狠劲。郑直在一家修车行工作，尽管他嘴上说着不计较过去，也不在意旁人的目光，但他从来没离开过修车行。大概车比人更懂得尊重人，当你坦诚相待时，它让你更快活，也让你更有成就感。由此可见会武术的修车师傅郑直，在惩凶除恶时，挥舞着怎样一股排除万难、无拘无束的钢铁意志。

俞熠说晕厥时，他梦到有只浑身赤红的螃蟹爬到了他身上，他本人很喜欢螃蟹，尤其是肉质紧嫩的腿，让他欲罢不能。可想与它亲近时，这只螃蟹溜得飞快。随后他闻到一股青草的奇香，接着他就醒了。醒来时发现身上盖着一件白大褂，还有几个人在惊恐万分地鬼叫。后来他才知道，那只螃蟹是何平的手，他在试图点穴，他说他小时候点过死猪的穴位，俞熠的应该也差不多。而那件白大褂是楼下女人的。她看到人们在围观一个皮肤很白的男人，于是展现了专业素养，冲进去宣布了俞熠的死亡，并把白大褂披在他的身上当裹尸布。白大褂上的确有股奇香，俞熠一度以为是女人的体香，后来女人说那是羊驼的口水，很臭。她是个兽医，那天有只羊驼向她吐绿口水时，她就知道会有好事发生，很高兴俞熠起死回生，并让她铁了心了不当治人的医生。

不久女人就搬走了，俞熠很失落。求爱不得的狗半夜会狗叫，求爱不得的俞熠半夜会鬼叫，这时候我们都很想再让郑直揭锅而起，即兴发挥。

很快到了十一月，深秋来临。颜然支教的山里已是火红一片。我和她的通话总是断断续续。她对我说要往南跑翻过一个山头，才能听到我这个混蛋的声音。声音很细微，还容易吞字。再跑一座山，才能听清我可耻的笑声。挂了电话回去时，她看见满山遍野的月色，像是整个世界都落满了碎银。山里的风大，这是她早就预料到的，只是没想到还搔得人心痒，思念满怀。她说她很想我，她猜错了，这里没有河，到处都是山，连绵不绝。

颜然说，在翻山越岭给我打电话的路上，月光如洪水般泛滥时，她想起了许多事。她说那天在洞穴里哭，是因为她想弃一切于不顾时又心生怯意，决意未决又瞻前顾后，所以她自责地哭。她又说，之所以要文羊肉串，是想将我们共同的回忆束之于身，非疼痛不能连根拔起。她曾经还想过要文上所有，以昭示鞭辟入里的爱意，但她后来放弃了，因为爱不刺进心脏里，就显得肤浅且毫无意义。

颜然说，鞭辟入里地爱一个人是非常难的，但在雾气散尽的山顶上，在猛烈的风口里，她就那么轻易地爱上了我。因为我对她说我要无拘无束地生活，并且奢望了许多注定快活的事。她听我说完后，当时一阵汹涌的风刮来，她看见我被风沙迷住了眼，龇牙咧嘴，模样可笑，那时她就不可自拔地爱上了我。因为她说那一刻她觉得我有自由的意志。可她后来又觉得人不可能有自由意志，因为谁都被洪流裹挟着，谁都逃脱不了。她想爱，想和我结合建立稳定秩序时，其实已经与自由意志背道而驰了。因为我们都不可避免地会为了对方妥协，为了生活妥协。所以她很悲观地看待这种矛盾。

颜然说，深秋时节，山里落满了火红的枫叶。当地人说山里有鹿，不怕生人，就是步伐极快，人撵不上。她没见过这种体态优雅的四脚动物，于是兴致倍增，翻山越岭地找，可终究一无所获。山里风大时，枫林卷起了浪，秋日的暖阳倾泻在其中，焦黄的土上树影婆娑，时疏时密，忽急忽缓。她说听着风声，遗忘了所发生的一切，很想轰轰烈烈地爱一场。回去时她看见一个孩子睡在半坡上，身旁的羊侧躺着撅起后腿，半睡半醒间悠闲地嚼着草，把草皮扯得七零八落。这种羊奶袋低垂，一年四季都很慵懒，叫声软沓无力，像疲劳过度、虚火上浮的呻吟。她心头莫名一凛，于是想到要翻过山头，给我打电话。

颜然说很想我，这种想念甚是强烈。可她又很想独立，想搞清楚自由的意志是怎么一回事。所以夜晚来临，万籁俱寂时，她心里总是很乱。我说要不回来吧，我不再热身了，回来就结婚。可她却说这是退缩，虽然她会嫁给我，但绝不会依赖我。

其实我心里也很乱。我对她说，对于她远隔千里的描述，我想到的场景是这样的：山上的草被羊啃得精光，露出赤黄赤黄的土壤。以此整座山像个秃噜皮的土豆，等着被烈日烘烤得干瘪冒油，滋滋滋地响，而满山的枫叶就像撒上去的辣椒粉。总之一切都很萧条，一切又很消极。

我又对她说，如果要谈自由意志，首先要回归到存在本身。尽管在此前我并无细致的推论，但也并非个体的无拘无束那么简单。枫叶零落，山羊自顾自吃草，但人类不会说它们拥有自由的意志，因为这是万物的生存规律。但那一刻它们毋庸置疑是自由的。

这些天我情绪很坏，因为张秃子把我当棒槌使。棒槌这玩意可怜，捶人沾血，捣蒜沾腥。南方人喜欢用它捣衣舂米，恶魔缠身时还能用它杀人。张秃子就想这么使我。所以当颜然说起自由意志时，我一肚子气，棒槌能有什么意志，我被奋力挥舞时，想起的都是张秃子的坏笑声。可见我活得还不如一只羊。为此我很不耐烦地听完这些，与她大吵了一架。

后来颜然说，她不再想和我这个混蛋相处的日子里，山里下起了雨，到处都是青灰色的雨雾，天地同为一色。那时她相信世界就是一片水气，于是便赋诗道：

世界是一片水气，

人类是一盏盏灯，

我们在混沌与朦胧里扬起面庞，

闪烁成微茫的星火。

晴朗与夜色消融在风中，

生命是清寒的汽笛。

我们的灵魂裹满珍珠，

沉溺在诗与铁的洪流里。

颜然喜欢写诗。我们曾在无数个夜里苦中作诗。颜然说，她想起某个雷雨天，屋顶漏水，一泻千里。于是我们决定把家里半包围结构的东西都拿出来接水，地上摆满了盆盆罐罐和字典。颜然说放字典这种奇思妙想的鬼主意只有我能想出来，就因为我说字典里有许多半包围结构。不过一想也颇为有理，从天而降的这点雨水，终归要回归知识的海洋里去。当时我们想到，倘若雨水漫灌，一些字便会变样，这样的巧思颇值得玩味。随后一点遐想随兴而至，于是我们作诗如下：

倘若雨水漫灌，

凹就变成口，

出变成了田。

日水肿成曰，

而"杏"一头栽入水中，就成了"杲"。

那天的后半夜，暴雨如注，屋里汪洋一片。我们浮在浅海里，幻想着人类世界在被饥饿和炮火吞噬前，先要被暴雨吞没。形成了三十七亿年的陆地就此跌入涛声里，片甲不留。人类从此成为生活在水底的脊椎动物。由此我们便诞生了许多童趣的想象，颜然赋诗道：

我们躺在海底的山上，

看碧波荡漾的天空。

天上飞过一条鱼，

撞碎了月影，

整个世界都银光闪闪，

好像琉璃的瓶底。

我也有些巧思，于是吟道：

风浪太大，

我们躲进座头鲸的胃里，

那里人流如潮，

宛如一艘乘风破浪的游轮。

但这一切绝无可能发生。我们从海底爬上岸，由诗人的梦境里醒来，回到了凄风苦雨的现实里。那晚我们忙碌到后半夜，抹干了积水，抹杀了人类成为两栖动物的可能。人类就此要世世代代生活在陆地上，仰头看真正的月色与飞鸟。

回想起这一切，让我和颜然短暂地从困苦中抽离，获得片刻的安宁。这种安宁就如同懒羊吃草，快鹿入林，被赋予一种诗意与坦然。我并不确信这是偶得的自由意志，还是妄图虚实相生的逃避。关于这些，我们都未有答案。

七

俞熠对我们说，林积极这人手真硬，有股狠劲，像宋江使的榔头。历史上宋江不使榔头，使的朴刀。但他说，据他推测，宋江一定是左手铁质榔头，右手大仁大义，并且这榔头和仁义一样坚硬，方能镇住这一大帮好汉。他继续说，林积极与宋江最大区别是没什么仁义，从背后偷袭他时下手很黑。事实上我没有偷袭他，但我也无可辩驳。俞熠又说，他晕过去时，想起小时候他爸恶狠狠挥向他的那根木棍（简称"恶棍"），落在他身上也是这般疼。由此可以说明林积极这人，应该也是个恶棍，彻头彻尾的恶棍。

关于他这一点主观妄断，我必须辩驳。事实原委如下：

昨天晚上，我们在天台吃火锅。除了我们仨之外，还有何平和郑直。这个时节天黑得很早，月明星稀。将寒未寒之时，晚风中已有几分凛冽。楼中供电困难，于是李荀提议发挥资源优势，捡煤生炉。可夜色里盲涮火锅，什么也看不清，这就是说无差别进食，对此我们充满着极大的热情。何平说他幻想过和四只猴子在平原上吃火锅，那是世界上火山最活跃的平原。日出之时，火山喷薄待发，浓烟蔽日，满世界都是细碎如银的灰土。何平说那是一次伟大的构想，后来醒来后看天这么黑，误以为火山爆发把天地都埋了，猴子也进化成了人。我们都说这很不错。后来我问何平，人类无性繁殖的事进行得怎么样。他反悔说人类不能没有性，也不能从情感里剥离出来。他准备构想一次真情实感的性交，就在那个落满尘土和碎石的平原上。后来何平叼着滚烫的肉肠陷入沉思，静止不动时，我们都说那是一场浪漫的性幻想，两个赤条条的人望着灰蒙蒙的世界繁衍后代，呻吟声泛滥，如火山爆发那般激烈。阳光透过尘埃照在绯红的面庞上时，整个世界都会陷入空前绝后的宁静中去。就想到这时，一群不速之客登临天台，性幻想破灭。

来人说要借我们的锅一用，还说不借的话就抢。这种不容置喙的语气很气人，登时俞熠就如旱地拔葱，拔地而起就要上去干。我急忙拉住他，把他这根葱又插回地里，并说这事可以先商量。李荀也这么说。

听到这话，打人群后头挤出来一瘦猴，说商量吧。这人叫"口水鸡"，我们都见过。据说他习惯朝任何喜欢的东西吐口水，以此宣示主权。他从小就这样，所以总有人怀疑他因口水大量流失才造成营养不良的。这话是郑直告诉我们的，后来他说他担心这口黑锅如果被口水鸡夺去，极有可能会成为痰盂。所以那时他和俞熠一样急躁，随时准备着替天行道。

口水鸡说要和我们掰扯一下，首先这口黑锅不是我们的，这点很好证明。因为这口锅是俞熠在某个月黑风高夜捡回来的，这是共识。这口锅有股奇香，拿它炒菜涮火锅，有无与伦比的味觉体验。甚至拿它捶笨蛋的头，也会头冒清香。这也是共识。既然是共识就不容抵赖。接着他说这口锅是他们郭家的，他太爷爷人小志大，有生之年一直背着这口黑锅。后来成了传家宝，祖祖辈辈都背着。再后来在他手里弄丢了，所以这口来历不明的锅就是他家的。他说要想证明这些，只需证明以下三点：

口水鸡是郭家人。

郭家有一口黑锅。

郭家后来丢了一口黑锅。

还没等我说话，俞熠就说放屁，按照这个逻辑，天下的黑锅岂不都是你郭家的。我只好再把俞熠插回地里去并说道：这种逻辑很强盗，只能说明你是你爸亲生的，并不为人所偷，其次你是个不肖子孙，断了你郭家替人背黑锅的优良传统。

口水鸡又说，可以拿其他锅来换。但我们都知道他并非诚心实意的，否则也不会带乌泱泱这么一大群人来，摆明了是要生抢豪夺。这些人在这里名声不好，仗着人多喜欢抢东西，再不然就是偷。我们一度怀疑俞熠的洗脚布就是被这群人偷了去抹脸，否则也不至于脸像中了毒一样，褶皱横行，乌黑如泥。

后来李苟说，当时他很想提出折中的方法，就是两方不武斗，共用一口锅。但他转念一想，口水鸡这孙子没准会趁着天黑朝锅里吐痰，这样的话还不如武斗。所以他当时没提，心想等会打起来就奔这只瘦猴去，兴许能赢。

眼看商量行不通，俞熠便破土而出，直挺挺地立起来，郑直也开始无实物热身。口水鸡见状，就往人后藏。看来一场群架不可避免，但他们始终人多，真打起来我们太吃亏。于是我向对方建议举行一次单挑。这个想法合情合理，而且我觉得对方也不应该拒绝。但问题是出谁，这就像打扑克一样，俞熠这杆炸是好使，可对方的头牌也人高马大的，保不齐四个二封了顶。于是我又建议上"平均水准"，这样公平拿锅，倘若我们输了也绝不会再计较。

对方对自家的"平均水准"很有信心。来人是个瘦高个，黑灯瞎火的看不清面目。等一会儿我和他打起来时，才发现他的脸很白，没什么皱纹，估计没用洗脚布抹过脸。这白脸男的手很有劲，掐得我哪儿都不痛快，好像要漏气。后来我掀起衣服给俞熠他们看时，腰上背上颈脖里都是一溜紫印。我说这孙子再使点劲，准能把我的组织液，连同一肚子学问都掐出来。当时"平均水准"逐渐占据上风，这是肉眼可见的。我对打架没什么造诣，浑身上下除了一张能推磨犁地的臭嘴，和灌满了歪心思坏想法的歹毒脑袋，我实实在在看着像一优雅的读书人。对，好在我还有些异于常人的想法。于是在和他肢体纠缠，战略僵持之际，我冲他的脖子里吹热风，吐口水，讲辛辣的下流笑话逗他。这家伙怕痒，一松弛下来我就立马解放胳膊，从背后锁住他。他笑着骂我，说这是流氓行径。我哪管这些，学着张秃子逗鸽子那样挑逗他（这实在不是读书人该干的事）。后来林深听闻此事，说我深得张秃子真传，觉得我将来指定要升官发财，飞黄腾达。

何平后来觉得没看到这幕实在是可惜。那时候他还在性幻想中不可自拔，平原上的尘土堆了有半尺高，几乎要将他埋没。阳光照得他身心舒适，整个世界都很安静，可就在他快要尾骨收紧，喷薄待发的那一刻，突然有人从背后推了他一把，让他从那个浪漫的平原跌落，看到了这个漆黑混乱的世界。

当时现场很乱，所有人都绞作一团，激烈武斗。后来何平问起此事，我说在此之前的情况是这样的：

"平均水准"不是肉鸽，我没那么容易得逞。我这种坏做法反倒让他恼羞成怒，事实证明一个人怒火中烧时，任何的刺激都行之无效。他掰开我的胳膊，反身将我扑倒在地，锁住我的下肢，掐住脖子，堵住冒热气的臭嘴。这使我动弹不得，几近窒息。但这样做唯一的好处是，我的双手是解放的。所以我也没闲着，抚摸着他发力的臂膀，好家伙，别看他瘦，但肌肉轮廓鲜明，肉质紧实。这样的肉如果切片烫火锅，定是白沫子漂浮，肉片翻腾时口感最佳。对此我极为羡慕。这时俞熠见我神情游离，便开始耍赖，趁其不备起身将"平均水准"一脚踹开，烫嘴的肉片飞了，尔后两拨人厮打在一块。

俞熠说我捶在他后脑勺时，正中他的旧伤。他觉得我拳头真硬，要是不动歪心思兴许能打过"平均水准"。这点我无可辩驳，但他硬说我恩将仇报，偷袭他，那我必须反驳。

几年前那个深秋的午后，俞熠追着三个哲学家满山跑时，我就觉得这家伙身手真敏捷。历史上以少胜多的战役中，少的那方大多极富机动性。他那双腿，比冷兵器时代的战马还好使，跑得飞快，一根烟的工夫，他就捶遍了三大哲学流派的代表人物，用武力征服了人类思想。可在天台这一方小天地内，他跑不起来，于是只好在人群里灵活地闪转腾挪，出其不意地低头俯冲，挥拳上扬，自始至终没人能拿住他。可事实证明，玩虚虚实实的老拳师也敌不过"碰巧"二字。我在混乱中找着口水鸡，攥紧了拳铆足了劲就要捶他的臭脸，不知从哪闪出一颗硕大的脑袋来，将我这股不可阻绝的冲劲截了胡。他就这样直挺挺地倒下。事实经过就是这样，后来他非说我偷袭他。

俞熠说被捶中的那刻，他想这人指定有一手绝活，否则不可能将他拿住。很可能摸清了他的套路，然后一击必中。许多年前他遇到过这样一个拳师，玩鸡贼的心理战，看清你的拳法后专搞偷袭，让人背后发凉，所以大家都叫他"背斩鸡"，后来背斩鸡玩砸了，被人直击面门，脑浆流了一地。所以当俞熠醒来看见我时，觉得我背斩鸡附体。

俞熠倒地后，所有人都静观其变。可他不变，老半天都一动不动。大家都说他准是死了，那伙人再流氓，也不敢牵扯命案，一溜烟就跑没影了。后来天台上就剩我们四个活人，一口沸腾的黑锅，和撂在地上无人管的大块猪肉。

俞熠说你才是猪肉，你全家都是猪肉。他说这话时已经醉醺醺的了。等他复活后，我们决定庆祝他重生，出门买醉。深夜时分，我们在空无一人的城市里游荡。此刻地心引力极为虚弱，我们抬脚起步直趔趄，晃得东倒西歪，好像轻易就会跌入地下金色的浪潮里去。凌晨三点，酒馆要打烊时，我们出门才发现这是个极静谧的世界，四下空无一人。十字路口的缓行黄灯闪烁着，规律得仿佛生命的作息。这时我们心底的许多事，灵魂里的许多秘密，不可断绝地向外翻涌。我们有许多话要说，也有许多话要听。

俞熠说很欣赏我，起初我对口水鸡说商量时，他觉得我这人胆子小，像晚清政府一样怂。如果再给我剃头扎个长辫，完全就是签不平等条约的丑陋模样。但我后来提议单挑时，他又觉得我这人有股子血性，虽然他始终认为我长得尖嘴猴腮，不像个好人，但他承认我的英雄之举让他感动。这就像画沙画一样，我从一盘散沙开始让他描摹，在逐渐抽象前及时具象，初具人形。

俞熠和我做倾心之谈时，李苟和何平都睡去了，只有郑直在听。李苟不胜酒力，一点酒就让他的意识颠倒，满嘴假仁假义。后来他干脆迈不开腿，瘫倒在路边，我们也就顺势躺下。天色昏沉，天上除了半轮皎月，什么也看不见。何平继续践行了他的伟大构想，我想这会儿他的尾骨正急剧地收紧，准备向着灰蒙蒙的平原一泻千里。地下暗流涌动，火山也在蓄势待发，整个世界开始有了声响和活力。

俞熠说他始终在寻找生命的趣味。八月的最后一个傍晚，当他在小县城里追上那辆喘着尾气的黑巴士时，他就决心要过率性而为的生活。他并非真的喜欢修电梯，小时候他扒电梯门时觉得很有趣，他像猜谜一样打开每一个封闭的事物，试图揭开世界的谜底。但他后来发现，世界本就是个无底之谜，煤炭和尸骨深埋地下，戏谑和荒诞藏于人心，唯独谎言和恐惧昭然若揭。人类用剧烈革命揭开的谜底，不过是一道道有关渺小与无知的伤疤。历史需要破门而入的革命家，也需要一成不变的看门人。个体亦是如此，人需要与门内的自我和解，也需要破门寻找另一个自我。只是这并不容易。

俞熠说，世俗观念总在迫使我们反锁自我，将生命的意义理解为繁衍，并为此建立家庭，抚养后代。人们把自己活成了承上启下的门，却忘记了自己也是破门之人。可即便他有破门之心，却无法知晓这一切的意义，对未知的惘然又让他横生畏惧。于是他干脆追求朴素的快乐，纵使这种快乐更像是避重就轻，与畏惧和解。

我还想和他谈谈有关生命的趣味。在我看来，追求朴素只是因为认清了现实而变得慵懒，这种自我麻痹毒死了理想。可他说自己并不慵懒，他甚至可以立马辞职，摆摊卖煎饼，日出而作日落而息，也可以横穿利益的雾霭，到市场里当投机分子。这些他都可以。他也并非想逃避现实上山去，那样活得像个无忧无虑的山贼。他只想在纷争的城市里建立属于自己的乌托邦，清贫享乐。他还说，追求朴素也是理想，有时候你想要的越少，其实越难。因为当你巴不得从这个谜抽身离开时，你就得舍得许多事，人情冷暖，物质尊严，这本身比揭开谜底更艰难。

我还想辩，但郑直对我说，每个人都像雾霭沉沉的大山，他觉得每个人都是谜。在俞熠也昏沉沉地睡去后，我和郑直看着日出之际天边渐亮，上面云海翻涌，想着这是许多人生命中极为寻常的一天。

我是最后一个睡的。那时的天很美，半明半暗，像是某种一知半解的醒悟，还需要慢慢参透。郑直在入睡前对我说，他将俞熠所说的理解为一种粗糙的自由，像第欧根尼那样活着，但又不是。他还说人们想要的太多是因为恐惧生命，他曾经也那样恐惧过。最后他说唯有一点肯定，那便是人活着像爬山，上山的路有很多条，但下山的只有一条。

我想也是，就睡去了。

八

大酒过后，李荀腹股沟的炎症蹿了急性。他从科室里出来时，像只被阉了的老牛。他说那个豪放的女医生拿着手电筒，对着他的顶尖硬货反复打量，看看炎症是否攀爬而上。他说这场景让他很是羞愧。我们都批判他的保守作风，思想出了炎症，应该大方展现阳刚之美。俞熠说这让他想到学校里的那尊抽象派雕塑，当他握住其命门时，也曾产生异常强烈的兴趣，唯一的区别是，女医生是救人之心，他是杀人之心。

李荀说昨晚的事他都记不清了。但在那个忽明忽暗的梦境里，他清晰地听到三只狗在低语。这些来自古希腊城邦里的贵族狗，身上居然挂着铜质的铃铛。后来他又稀里糊涂地骑上一匹烈马，那马跑得飞快，但始终想摆脱他。剧烈的摩擦让他的腹股沟像着了火一样的疼。于是他极力想驯服这匹马，狠拍它的马屁，拧它背上的肉。那马叫声凄惨。李苟醒来后才发现他骑在我背上，我就是那匹烈马。

何平则说，在那个浪漫的平原上，火山爆发后，浓烟滚滚，岩浆横流，许久一切都尘埃落定。在他的伟大构想里，他立在岩石上眺望天边，回味着刚刚如盘古开天辟地般的壮举，人类的繁衍从此开始。他望得出神，没料到还有两滴人类的圣水泄露，落在黑褐色的岩石上。百年后，准有两个白大褂凑在显微镜下，对着这个珍贵的历史文物探讨一番。上面依然逍遥灵动的大头微生物让他们震惊不已，不由赞叹道：吾辈之祖先生猛之极！

真是胡扯。按照这等逻辑，没准百年后，某个孙子无意中翻到他爷爷的日记，这个爱写日记的正经老头，年轻时某天清晨外出，目睹了五个魂不守舍的笨蛋躺在大马路上，其中一个还在光天化日下骑马。于是他写道："此马配种优良，有人之轮廓，身形修长，尖嘴猴腮。若细琢磨之，或为人与马之杂交，即为人马。"

也没准百年后，垂垂老矣的俞熠在他山上的草房里天人合一。那时候他是方圆百里有名的山贼，某个明眸皓齿的女人是他的压寨夫人。山里很冷，他想起百年前的那个晚上，他对人马说他甚至可以去摆摊卖煎饼。此刻，白盈盈的月光从屋顶的草缝里倾泻下来，他推门而出，凝视着这个漆黑静谧、空无一人的世界。他想象着羽化登仙，化为山野间浩浩荡荡的风。他想这真是个陌生的世界，真是个陌生的谜。然后无言以对，闭目而死。

俞熠说他绝不可能是个山贼，也不可能死在山上。对此他的想法是，要死就死在女人的肚脐眼上，从哪里来到哪里去，这叫死得其所，始终如一。但他依然对我的构想很满意，就因为我勾画出了他的压寨夫人。

十二月的头一周，发生了许多事。俞熠为了证明他的酒后胡话所言非虚，毅然辞职摆摊卖煎饼。他就地取材，用香锅烹菜卷煎饼。我们不得不承认，把持过圣物菲勒斯的手就是非同寻常，他驾驭人间俗物时显得轻而易举，很快饼做得有模有样，在毒死我们前毅然决然出摊去了。

十二月初，李苟职场失意。领导批他有伤风化，但实际有因可循，蹿了急性炎症的腹股沟需要一天上三次药。那天中午临时开会，这孙子玩砸了。有人检举说李某搞小动作，目不斜视看着领导打手枪搞地道战。李苟没法说自己在上药，但也坚决说自己可以脱裤验货，自证清白。当时会议的主题是"互联网时代如何保护隐私"，于是领导面色铁青，欲杀人越货。

十二月初，天干物燥，思想紧缩，何平开始闭门创作，终日不见人。据《河底海怪》后来记载，何平在构想一次伟大的人类繁衍计划，也就是亲力亲为，历经成千上万次的性浪漫。这种构想方式很可能被别人说成"假性情，真性交"，但我相信那场浪漫的性幻想并非是空洞的叙事，历史上艺术家在彻底艺术前都要先糟蹋自己，只不过方式各有不同。

这段时间只有郑直时常来找我们，但他还是话不多，逗着狗听我们瞎侃。跛脚先生不禁逗，常常发点小脾气，这是我们寻常日子的乐趣所在。我们也经常遇见口水鸡那拨人，他们依然对黑锅念念不忘，叫嚣着要来抢。

十二月初快过完时，我接到林化学的电话，说家里有老人去世，要回去奔丧，于是我向单位请了丧假。林化学来接我的一路上喋喋不休，给我交代了各种事，这些事大多以"出于礼貌"开头。比方说出于礼貌，某些长辈想拿你寻开心，你就得毫不含糊地献身，像团松软的棉花。亲戚里的确有几个尖嘴婆，喜欢打着关心后辈的幌子拿话刺你，实属众人前耍流氓，为老不尊。这时候按照林化学的逻辑，我应该让这些话刺进去，原地复活再让她们刺个痛快。林化学的这些话我不大乐意听，就歪着脑袋往窗外看。路旁许多枯树闪过，我想夜晚时分上面应该站着不少寒鸦，出于礼貌地瞎叫唤，互相打着哑谜。我想这时候礼貌就像嚼烂的口香糖，既无糖分也无情分，闭口不能下咽，出口就成了垃圾，让人无所适成。

到了就看见许多披麻戴笑的人，乐呵呵地上来敬烟，说你家兔崽子这么大了。后来某个尖嘴婆问林化学，你家兔崽子怎么老板着张脸，见人也不笑。林化学说他和死去的阿太感情深。尖嘴婆斜着眼盯了我许久，说这兔崽子八成是个面瘫，要治。我说你才是面瘫。说完就往人堆里扎。这事后来林化学也没和我计较。这个地方很嘈杂，是阴阳交界，所以阴阳怪气的人不少。拿话筒的那个就是，死的这人和他八竿子打不着，全场就他哭得最凶。林化学说他是职业假哭，请来烘托气氛的。据我观察这人极具天赋，哭时声泪俱下，嘴张得老大，上嘴唇几乎要贴着发际线，里面的扁桃体、五脏六腑和前列腺一目了然。一会儿他到点下班时，笑眯眯地抽着老烟，神态轻松，无比快活。

林化学对我说，出于礼貌是因为这个阴阳交界也是个交际场。不出一根烟的工夫，所有人都知道林化学的兔崽子在体制里混，将来准有出息。往往这时候就展现出我这人的劣根性，会装。我这人在外面胡言乱语耍流氓，可在乱七八糟的亲戚面前充好人，给林化学长脸。所以大家都说林积极是个好小孩，将来有大出息。这句话的意思是，将来我如果得道了，他们这些鸡犬也要跟着升天。对此我很反感，几乎沉着脸不说话。

林化学指使我敬酒时，我这个装模作样的好人照办了。

因为一路上除了"出于礼貌"外，唯一的要求就是"出于孝顺"。按照他的逻辑，我应该在酒桌上指哪打哪。他语重心长地对我说，这不是代表你林积极，而是代表整个林家。后来一圈酒下来，有人夸我极具职业素养。我不由自主地打了声震天嗝，那人又说好一声雄浑的火炮，兔崽子这是要炮击美利坚啊！一桌人听后都笑起来。

一会儿在酒精作用下，我迷迷糊糊地跨越了阴阳界线。以前有人告诉我说十八层地狱下面还有一层，专关着误人子弟的老师和作家。他们罪大恶极，专吃十八层掉落的灰。我糊里糊涂地想，起初我是个老师时，也说过几句不着边际的混账话，多半被学生听了去，所以我也要听着十八层的人在懊悔地跺脚，看着罪恶的灵魂被洒落的灰埋没。后来我发现并非如此，阴阳交界只是个半真半假的梦，踏足半步，便有忽明忽暗之感。这个梦的由来是这样的：

我十岁那年，跟着阿太渡江去救人。阿太专治男人的前列腺，在当地口风不好。女人都管她叫沈三四，因为有个识字先生说双重否定表示肯定，所以不三不四就是三四。沈三四算法极精，手法极灵，一拍一个准，比县城的仪器都好使。那时候很多人不知道前列腺是什么，只知道沈三四不是东西，管住了男人的魂。后来她又嫁给一个专看妇科病的林先生，据说那男人有全世界最棒的前列腺，是沈三四照料得好，可以让他心无旁骛地给女人瞧病。丢了这么多脸面，自此沈家众人与其再无往来，她也就搬到村后的江边住。

我十岁那年在沈三四家里住过一阵。那时节江边的风很大，裹着浪就往岸上拍。沈三四的草房在一片芦苇荡里。初秋的热风来势汹汹，熏得芦苇焦黄。风急时我穿过如浪潮一般的芦苇荡，看见草房里的沈三四在给我编芦苇鞋，这种鞋刺脚，不受力，但异常暖和，一穿上就好像有热力往脚心里钻。那时候我瞧见星星点点的阳光落在她的手上，好像在闪烁。一会儿她带着我，穿过热风和芦苇荡，登船过江。我的梦就是诞生如斯。

摇曳的船上，沈三四在写一本名为《江郎春风》的诗集。她酷爱写诗，我料想我的诗人天分多半来源于此。行医、写诗和编芦苇鞋成了沈三四生活的全部，而在那个个性还没有完全解放的年代，生子、务农和锅碗瓢盆则是岸上女人的天命。沈三四就曾在诗里这样写道：

女人哟！

你是点燃的一支烟，

一夕，一吸，

燃烧着自己，

白烟里人生如梦，

转瞬间烟消云散。

她也曾书写过自我：

我是江边的一支芦苇，

迎风飘扬，

我高昂着头颅，

那是我向生活开战的旗帜。

沈三四说，她的本心都飘在芦苇荡里。对她而言，自由就是生命中的芦苇荡。她问我，你生命中的芦苇荡是什么。我答不上来，就看着天上缓缓飘过的云。云很厚，像是要遮住一切，不让任何人知晓。后来船猛烈地摇晃，我立不稳跌入江中，江水极冷，像冰一样，这种感觉极不真实。醒来后才发现窗未合紧，冷空气往里灌，窗帘簌簌地飞扬。这个戛然而止的梦就是这样的。

没了下文，我也就没了困意。在屋里寻不见林化学，我就穿好衣服下楼，发现他正伏着灵柩，四下无人哭出声来。老实讲我从没见过林化学失声痛哭过，离婚时没有，我不称呼他时没有，就连铁了心炸到底的金花被吃了，他也没流过泪。我生平第一次觉得林化学不是混蛋，就是在这个漏风的塑料大棚里。四十瓦的白炽灯在晚风里摇曳，"吱吱吱"地响。这时候万籁俱寂，远处也没什么声响。我抬头看，初冬的夜空很黑，像是某个快要参透的醒悟，全知全觉，不留余地。我想人折腾了一生，仿佛是要个答案。此刻这个答案，天不知晓，我不知晓，泣不成声的林化学可能也不知晓。

出殡后，林化学带我去了江边。半路下起了雨，空气里很潮湿。江面上烟雨朦胧，能见度很低，来往的货轮时隐时现。白茫茫的水雾横穿过江，往岸边高大的水杉林里跑。水杉这种植被身形如塔，塔尖在风中剧烈地摇曳，整个树由此也晃得东倒西歪，身不由己。这里的芦苇荡早被砍去，上面建起了现代化的水厂，红墙黑瓦，气势磅礴。这种宿命仿佛也是身不由己。

林化学说初春时，芦苇绿油油的一片，风一吹哗哗地响。那时节他光脚穿过芦苇荡，看见一个女人在地里刨芦笋。她的手法很蹩脚，刨得满脸见泥，也不见效。他说这样不对，看我的。于是他大显神通，挖地三尺，快挖到地心了也没找着。这两个笨蛋就是我爸妈。林化学就是那时候遇见我妈的，他们喜欢在芦苇荡里刨芦笋，捉螃蟹，后来还在里面约会，我一度怀疑我也是在那里被造出来的。

林化学说，晚年的沈三四患了胃癌，从芦苇荡里搬出来，住进了医院。关于此事，我是颇有印象的。我们去医院看她，她正跷着腿在病床上嗑瓜子，一只手抖成了五六只，一把瓜子送进嘴两三个，剩下全掉地上了。医院里的人大多不苟言笑，终日被恐惧缠绕，悲者声泪俱下，面庞一片咸湿的海，唯有沈三四怡然自得，好像一切都与她无关。这让我想起林先生。

林先生去世是十五年前的事了。我初对林先生的印象，就是个邋里邋遢的小老头。后来他将亡之时，穿了身干净衣服我也是颇有记忆的：他的裤脚没挂着泥，袖口没皱兮兮的，还有尿尿时没挺着裆把前列腺撅出去。这一切都文明极了。他把西装脱下来，左手勾着搭在肩膀上，像少不更事的小痞子佝偻着倚在墙上。他又吹起口哨来，吹得不像样还卡痰，面红耳赤地咳了半天。他就是这样从容赴死的。

他们这副模样总被人诟病，说跟个小孩似的不知敬畏。但谁又知道为人一二者，高尚寥寥，为人三四者，高尚五六。为人的自傲又岂是生死所能折断的。沈三四一如少年般叛逆，纵使对痛苦与死亡有着天性所至的恐惧，但她依然明晰个性里对生死离别的反叛。这是我最爱她的地方。

可这些叛逆终究不为俗人接纳。整理遗物时，《江郎春风》被人丢到犄角旮旯里。林化学知晓我喜欢写诗，便拾回来给我。里面是沈三四一生的智慧，前半本字迹缥缈，天马行空，像是少女明朗欢快的巧思。后半本字力虚浮，言辞舒缓，又像是老妇人娓娓道来的感悟。其中最后一首小诗我颇为喜欢，为沈三四死前所写，题目就叫《自由》。

自由在哪里？

"在我。"

九

　　很多人都说林积极变了。要是只有俞熠这么说，那多半是拿我寻开心的屁话。但当李苟也这么说时，那这事我得重视起来。后来林深这么说，电话那头的颜然也这么说，我就知道这事不简单。我可能真的变了。

　　俞熠说林积极变得更丑陋了。他说要在临摹我的沙画上，把我的脑袋画成一个烟灰缸形状。这样看林积极就是个抽象派艺术品，但他又说，这也是写实派，林积极就是这副鬼样子，不像人。俞熠此番胡言乱语事出有因。那天下着雨，很快屋内就间歇性断电，漆黑一片什么也看不见。我抽着烟，临窗而望，吐出青灰色的烟雾。后来烟灰烧了半截，可怎么也寻不见烟灰缸。我就上俞熠房间里找，隐隐瞧见一个圆状亮点，我以为那是玻璃制品独有的糊光，就往上掸烟灰。后来才知道那是俞熠被黑锅蹭得发亮的头皮，我还狠狠往上面捶了一拳。就是那一拳，导致上面至今寸草不生。

俞熠说他当时在做梦。梦里他正在受审，歪嘴的特务头子要他交代问题，否则就用恶毒的美人计吃住他。说话间进来一女人，他当时就大义凛然，热血沸腾，迫不及待想大展拳脚，与之殊死肉搏，可突然觉得辛辣钻头。他想不好，特务头子使诈，说话不算数。他打算立马交代问题，一睁眼才发现烫他的不是特务头子，是林积极。

同有此感的是林深，他说林积极变得更混蛋了，将来准要成全才。这就是说体制要把我培养成伟大的思想家和妇科专家。临近年末，林深的工作量陡增，在我游手好闲得像个混蛋时，林深这根针谁都在使唤，这个边陲单位此刻就像瘫软卧床的病患，哪哪都出了问题，僵而不死。如果见缝插针的话，哪哪都需要针灸。如果某天林深坐堂问诊成了林大夫，那准是体制的功劳。这几天林深情绪很坏，见我就刺，他那些针都往我屁股上扎，让我如坐针毡。他见我困时就睡，醒时就在和长舌妇讨论妇科疾病，说我准是在闭眼凝结思想，睁眼医者仁心。对此我丝毫不能辩解，他来看我时我的确昏昏欲睡，口水都流到地上了。后来再来寻我帮忙时，我正在就生殖问题大放厥词。歹毒的张秃子给我流放到这个养老部门，实际上就是给我下慢性毒药。要不是林深拿话刺我，我几乎对此毫无察觉。每天我都在警惕张秃子拿我当棒槌使，实则我快要朽木难雕了。

林深说我半年前还在和他扯理想，现在他看我这副欲仙欲死的鬼样子就觉得好笑。他说我准是走了领导的后门，否则这会儿该和他一样见缝插针。见此情景，我也不想再瞒他，就如实说了我和张秃子的关系，说法很简单：我不想拿他当伯伯，但他想拿他的侄子当棒槌。

"以后准要飞黄腾达。"林深像品茶一般咂嘴，"还得仰仗您。"

"你甭拿话刺我。"我说，"这话说得像我要抢你饭碗似的。"

看林深的意思，多半是想说这茶味香。其实这茶咸得发紧，还烫嘴。我和张秃子的关系就像被盐焗过的红茶，茶快干涸了，就剩些盐水和碎叶，一杯茶是也不是，一杯茶装满了是非。

"好茶。"林深评价说，也不知道他说的是人是茶。

而李荀则表达了相反的意思，他说林积极变得和他的顶尖硬货一样面目可爱。这句话的意思很不明朗，可以理解为林积极长得像命门，容貌甚伟，让人爱不释手。但李荀对此解释说恋爱中的人通常大脑缺氧，思维变得迟钝，不会打比方。类似稀烂的比方还有：李荀说他第一次见到凌晨时，心里就像腹股沟一样发紧。这句话的意思是说他当时心潮澎湃，心里炎症泛滥。他当时在会上说可以脱裤验货时，底下笑声一片。唯独凌晨没笑，这个女人目光如炬，隔裤观货，眼里分明还有欣赏的意思。这让他很是感动。

凌晨后来说，她觉得李苟这人很坦诚。当众脱裤验货的意思有二：没有问题和不怕暴露问题。没有问题的意思是说李苟遭人污蔑，他没有打手枪搞地道战，所以一清二白。不怕暴露问题是说裤裆里有其他问题，兴许是藏了个假肢，以次充好，但李苟为人坦荡，为了自证清白不会有所掩饰。由此可说明李苟这人并不坏。

李苟说那天会上，这个女人突然说她可以证明李某清白无辜，还说李某不会对着男领导搞地道战。语气坚定，不容置喙。这等于闪烁其词地告诉别人她和李某有一定的关系。李苟说她后来凌晨告诉他，如果领导再追问，她就说李某裤子里装的是假肢，他刚刚是在校准位置。假如她这么说，别人一定信以为真，还李某清白。李苟说假如发生这样的事，那么他们的爱情就不会发生。

事实是他们的爱情坚定不移地发生了。所以李苟见到我时移情于景，当即表示我像他的顶尖硬货一样可爱。由此看来，这句话是有因可循的。

再有，颜然说我变得虚无，让人怀疑。这句话的意思是说我的存在有待商榷。颜然说，傍晚时分她带着几个女学生翻山越岭时，旱季猛烈的风很冷。山里的土还是很潮湿，不一会儿鞋尖上就沾着黄褐色的泥巴。她看见天上的红云很细碎，像是晚霞拖沓的尾焰，需要很久才会退散。这时她想起我说"人活得像葡萄干"，还说"如果要谈自由意志，首先要回归到存在本身"之类的话，她觉得迷惘困惑，很想再听我说下去。

颜然说，有次她倒在我的怀中，起来时发现我的衣服上油迹斑斑，状如人之面庞。她不知道自己脸上有这么多的油脂，那天她画了很浓的妆，因而我的衣服上还有五颜六色的碎渍，状如纵横的溪流。颜然说那足以证明她的存在。可后来我将之彻底洗净后，那件衣服上再也看不出任何存在，就如同千百年前的某个人，在历史的长河里声名俱默，后人对其一无所知，你很难说其存在或是不存在。无从知晓存不存在，就是不存在。想到这时，她心里很乱，对一切都产生了怀疑。她不知道为什么来到这个幽寂的山里，不知道要往哪里去，也不知道她日思夜想的这个林积极，到底存不存在。

颜然说，支教的同事说她是坚韧的存在。起因是几个女孩中途退学，她一遍遍劝说家长无果后，索性带着她们偷偷跑出来，翻过一座山在天黑前回到学校。后来家长怒气冲冲地闹到学校，要讨个说法。来的人很痞，不讲道理。可校长却说学校里没有这号人，即颜然并不存在。

颜然说，校长说她不存在时，她就在门后听着这一切。那时她毫无惧色，想着兴许这些人可以证明她的存在。临近傍晚，她带着女孩们爬到山顶时，天上云海翻涌，绚烂的晚霞喷薄待发，很快一圈红晕爬上云彩，整个天空都赤红一片。那真是个美丽的预兆。她对女孩们说这个世界上存在着许多值得遐想的事，只有读书方可知晓时，她看见每个人都仿佛面有酡颜，她坚信那就是她存在的意义。

后来她对我说当一个人思念泛滥时，就会对远在天边的人和事产生怀疑。唯有见到我时，才能确定我的存在。我说我很快就会到来，还说对电话里她给我描述的世界神之向往，想和她在那个落满碎银的山里谈起过往。我说那时，除了我俩和山涧里时有时无的风，世界上的一切都将不复存在。

挂了电话，已是薄暮冥冥。天上乌云低垂，气势逼人，只有此时才会感到天地挨得如此之近，给人强烈的压迫感。我忽然觉得很疲惫，昏昏欲睡。后来何平说，我当时浑身发烫，像只赤红的烧鸡，给人很强的饥饿感。要是再不醒来，他们唯一能做的就是商量是油炸还是醋熘。俞熠的意思是油炸方可入味，这样外皮焦脆，肉质紧实。但在此之前他要看看我的脑袋里是不是真有烟灰缸。醒来后我建议他们醋熘，因为这样可以保护肉质纤维，同时舌尖的快感如潮。他们听后极为赞同。

我醒来时，窗外的风声很紧，医院破旧的窗根本吃不住力，被掀得上蹿下跳。我觉得有些吃力，脸火辣辣的疼，身体却轻飘飘要变成气体，于是闭目养神，打算挥发。恍惚间就听见俞熠说油炸最好之类的混账话，还听见李苟说这厮是睡着了，还打呼噜呢。我睁眼，就看见三个学究头碰头在解剖躯体，研究我的结构。

俞熠说他是第一目击者。根据他的描述，我醒来前的事是这样的：

前半夜，他来找我说了半天的话，我始终是一副天人合一的姿态，仰颈向天，闭目张嘴，样子十分难看。他见我不理睬，就挠我的肾，挠得十分之重，也就是说我腰上的一溜紫印便是来源于此。后来他见我浑身滚烫，职业习惯地想如果在我身上摊张饼兴许会有奇香，年末市场上的猪肉奇贵，这样上好低廉的猪肉少之又少。可我是干皮，又不吃油，操作起来很困难。实验失败了我仍然纹丝未动，他这才想到叫何平过来。

叫何平来是因为也想让螃蟹来爬我的身，何平手艺精绝，对此俞熠深有体会。可我不那么受用，在那个漫长明晰的梦里，我始终对外界的一切浑然不觉，即便何平最后把我当死马医，狠狠给了我两个大耳光，对此我也一无所知。直到李苟深夜归来，这两个笨蛋才恍然大悟，要将我送进医院。

我准备起身时觉得头疼欲裂，好像受过重物敲击。对此李苟补充说，当时我直挺挺地躺在车的后座上，车一急刹，我身不由己地就滚了下来。去医院的路很复杂，每次拐弯时我的头都撞在门上，清脆作响，富有节奏感。他们说你听，林积极真是音乐天才。李苟说要不把林积极固定住，他很担心这样撞下去车门会坏。你听听，这像是人说的话吗？他们还说这是对我的头部洗礼，好将我脑袋里的坏想法毁于一旦，并美其名曰"洗头"。后来谁都不管我，任凭我落在前后座狭小的缝里，与铁质的车门抵头而眠。这车是何平的。一年前他在改装这辆买回来的破旧二手车时，还不知晓它有改造人的伟大功能。

后来我因肺火虚浮在医院小住了两日，出院后我向单位请了一周假在家休养。可我压根闲不住，没过两天就往外跑。城南有个文物市场，里面有很多我这样百无聊赖的闲人，对着破土而出的真假文物发呆，一看就是一整天。我也是在那里偶遇老李的。他当时穿件土黄色棉袄，裹紧了蹲在地上，探出光秃秃的头在研究一只碗，就像个冒芽的土豆。他说你也来买碗啊。我说家里三口人，可以买几个。他对我说这里的碗质脆，一看就是赝品，尺寸合适，宜用以喂狗。

老李原先开了家书店，就在我们单位对面。后来在声势浩大的旧城改造浪潮中关了门，现在是无业游民。老李这人光头，身形消瘦，有些驼背，裹了件大袄后，怎么看都是算计百出的流氓。可人家真有些学问，谈起问题来引经据典，纵横千古。据说老李以前商海沉浮，后来看透了便金盆洗手。这话是李龟蒜说的。他常往书店跑，买些封面诱人的杂志看。我和老李不怎么熟络，后来见过几回，看他手指被烟熏得焦黄，金盆里手洗得干不干净不好说，心倒是洗得自在豁达。

后来他邀我去他家。他说你坐。但木椅扎人，我始终坐不踏实。他又说洗点水果你吃吃。翻了半天，杂物塌了一角，滚出几个坚硬如铁的黑梨来，我怀疑那是远古时期的活化石，他说见笑，然后再踢回去。据我观察这个屋子昏暗狭小，限行严重，活动起来极其困难，像个存放土豆的仓库。因而老李所干何事，我都一清二楚。他切水果时溅我一脸的汁水，并放了个沉闷的臭屁。但他自始至终都泰然处之。

后来我和他在小院子里喝茶。那时太阳正暖。他种了许多花草，在这个时节依然盎然，生机勃勃。爬满枯草的院墙上插满了五颜六色的风车，风一吹齐齐地转，远远地看像是漩涡，要通往过去或未来。

他说你好像面色不佳。我说肺火虚浮。他说不是这个问题，相由心生，是心的问题。心思变，一切皆有所指。我说所有人都说我变了，即便有些是随意之言，可我对此依然困惑不解。老李问我是不是口黄舌燥，心慌胆怯，就是坐不住。我说确实如此。他说你看看吧，这就是大问题，天冷了姑娘穿起长裤，看不见白花花的大腿了你心里就乱，一乱就生病。我说我不是爱看那种杂志的李主任。他笑着摆摆手，示意在和我说笑。

老李说你看满墙的风车，他爱人很喜欢这些，一生都在追寻"风车问题"，即没有风，风车还有没有意义。人就好比风车，这就是说世界与自我的关系值得思索。是世界赋予你个体的意义，还是自我赋予。老李说这个傻妞始终没有想明白，其实道理很简单，风实现了风车的价值，风车证明了风的存在。但他又说，人的自我问题就很难讲，风车不转还是纸质艺术品，但人不追求自我价值，生命就跟梨一样，一天天黑下去，一天天硬下去。所以世界在变与不变中，做自己始终是个本质问题。

老李始终没给我讲他爱人的故事，我也没有再思索变与不变的问题。我们只是喝着茶，看着天色一点点沉下去。天上鱼鳞状的云细碎奇妙，好像浮在宇宙的湖底。

97

✝

凌晨我将醒未醒时，天降大雪。后来醒来时已临近中午，家里空无一人。这时我往窗外看，天地间一片惨白，好像什么都不存在。这时候总能看得很远很远，仿佛能看到另一半星球的人和事，那里也有像我这样极目远眺的人，贯穿干燥的亚热带季风，对消失的世界感到始料未及。后来我头探出窗外俯瞰，有人在雪地里踩出两排黑洞洞的脚印，扭曲着延伸到我看不见的地方。再有人走过时，凌乱的脚印逐渐成串，像是农耕时犁出的土痕，势必要露出物理世界的本质来。

醒来时我的头上裹着厚厚的纱布，任何试图撕开一角向里张望的行为，都会引起撕心裂肺的痛楚。昨晚我被推下楼梯，一头撞墙时，我始终没料到短短几天就会旧伤未愈，又添新伤，也不曾想头会被裹得像个粽子时，还在隔离观察，揣摩本质问题。

　　昨晚我撞墙时，骤然觉得一颗雷在脑子里炸响，炸得地壳震颤，板块运动。我晕乎乎地倒地，居然还有些意识，就看见几个人影在我眼前晃动，手忙脚乱地包粽子。后来李荀说我当时僵硬无比，直挺挺地掰不动，至于费了很大劲掰什么地方，他们始终守口如瓶，我也难以揣测，因为醒来时我浑身疼痛难当，活动困难。后来我仔细观察过他们包的肉粽子，捆了好几圈才把头顶的纱布裹紧，手法很粗糙，捆时发力猛烈，勒了我好几溜紫印。对此我的理解是，他们害怕我脑子里运动的板块掉出来吓人。

　　关于倒地后的细节，我有如下的补充：那时我尚有一丝意识飘散在空中，就看见黑夜中头顶的灯闪了一下。当时停电，楼道里漆黑无比，这就是说我撞墙时产生了电流，这样的事根本不科学。于是为了验证我的头能发电，在包粽子前，他们又拿我的头实践了一次，可以说非常成功。平时不善钻研的俞熠当即又提出疑问：这是交流电还是直流电？这样提出后，大家都兴致倍增，拿我的头又做了几次实验。后来李荀说这足以证明上次在车里，我的头被洗得一干二净，污秽的思想荡然无存。要是百年前法拉第知道如此纯粹的头颅亦能发电，必以头抢地，制造发电机。可这样严谨的结论对我不那么受用。我看着灯忽闪忽灭，仿佛昼夜瞬逝，那让我想起许多事。

我想起是郑直把我推下楼梯的。当时口水鸡几乎要将带鱼甩在我脸上，郑直见状一把将我推开，推的那下非常之重，便有了后来的事。在此之前的事是这样的：

昨晚我们去何平家串门。前段时间何平思想紧缩，闭门创作，后来松弛得一塌糊涂，写不下去了就天天往外跑，这小子太不像话，净带些小广告卡片回来，把门贴得花花绿绿的。我们仔细端详了一阵，发现征婚招婿的最多，写出来的东西也最有水平，比方说散尽家财，有"种"就来；闭门造车为情义，老汉推车"裆"珍惜；风萧萧兮易水寒，壮士快来兮把家还。何平说他很喜欢读这些，欲望表达得很强烈，从不遮遮掩掩。他在路上看到了就择优铲下来，拿回来辟邪。我们读完后才发现门上还贴着一副对联，写道："做自己所做，爱自己所爱"。横批："不可横读"。

一番领悟后我们才想起此行目的，据说何平最近又收藏了批海货江货，很值得研究一番。比方说澳洲大虾的眼珠，据说该眼珠非同寻常，很可能在生前得过白内障，所以发病时两眼一白，误入网兜。再比如头部红肿的海龟，忘乎所以溺死的海鱼。最值得研究的是两条带鱼，据我观察已被风干良久，浑身坚硬如铁，像把银光闪闪的刀剑。这个比方的意思是说，如果倒退回冷兵器时代，人类完全可以用此带鱼作兵器打一场文明的战争，这样的话那人类的文明史不需要粉饰，真是遍地文明。照此思路，那历史变得极为有趣：荆轲拿小带鱼刺秦王，关老爷手执大带鱼过五关斩六将，而西边的拿破仑一勒战马，拔出闪闪发光的带鱼，挥舞着横扫欧洲水货市场。

谈笑间带鱼贯穿了人类史，而我们将要继续构想时，一条人形带鱼忽然而至，不请自来。我定睛一看，来者人模鱼样，身形消瘦，眉眼模糊，定是在污浊的江水里发育过剩才会如此。口水鸡说他单鱼赴会不是来抢锅，而是交友，还说不能因为锅伤了和气。说这话时，他的鱼眼睛时不时瞄着俞熠背着的黑锅。自从俞熠摆摊以来，这口黑锅前围着不少年轻姑娘，照她们的说法，这口锅煎出来的东西有种"爱情的滋味"，你听听，就有这么神奇，具体来说就是酸腐味。这样的宝贝俞熠自然爱不释手，再加上之前口水鸡反复威胁说要抢，所以俞熠无论做什么事都把它背着，像只胆战心惊，害怕丢壳裸奔的鳖。

口水鸡的话不大可信。可他话锋一转，说想请我们拍电影，他们一伙人是搞摄影的，考虑自己拍一部有关锅的武侠片，想请我们出演。我们一听，谜底就在谜面上，摆明了就是要抢锅，还冠冕堂皇地找掩护。想必口水鸡也是饱读史书之人，学来了"师出有名"这招，多少狼子野心打着"清君侧"的名号"清君"，虚虚实实都玩了一整个封建史了，还有贼心不死，余烬复燃的。我们也不傻，当即回绝，祖宗说了：醉翁之意不在酒。口水鸡见此状也不废话，吐痰为号，埋伏在门口的同伙便鱼贯而入，史称"第二次抢锅战役"。

关于这次战役，《河底海怪》中有如下记载：

当时屋内狭窄，灯光太亮，双方都很局促，只能面面相觑，似笑非笑地打量着对方，空气中竟弥漫起暧昧的气息。于是有人提议关灯，干这事不能一览无遗，灯光昏暗才方便下死手。这话有些道理。趁关灯这会儿工夫，不曾想"跛脚先生"溜进人缝里，把尿撒在口水鸡鞋上。登时口水鸡惨叫一声，一脚踢飞了先生。郑直大喝一声，两拨人顺势扭打在一起。混乱中楼里漆黑一片，口水鸡闪转腾挪，取了墙上的带鱼，挥舞着就要甩我脸上。郑直为保护我免受伤害，于是灵机一动，将我推下去，造成了更大的伤害。

坦率地说，我对郑直颇感兴趣。昨晚他施展武功时，动作舒展流畅，拿出了不容置疑的气势，结果被打得最惨。关于这点，《河底海怪》中亦有所记载。据说郑直打的是鞭法，讲究以肩带臂，以臂带拳，发力时手臂像鞭子一般甩出去。昨晚人群拥挤，他的鞭子都甩在沿途的胳膊腰背上，泄了不少力，最后打了记闷拳。郑直说，他的人生就像这记闷拳，若胜了无伤大雅，若败了不值一提。别人都以为是漫不经心的戏谑一拳，只有自己知道奋力一击却仍是徒劳，不过是人生的缩影。

郑直说，从小有许多人赞美他，夸他有用。比如父母在他八岁时把他带进工厂，是为了凑人头，好分配上只有三口之家才能住的单间。比如父母吵架时拿他置气，一个说看看你生出来的废物，另一个说你也知道废物，还不是你播的种。每到这时郑直都觉得无比悲哀，心想你看看吧，这两个人才疏学浅，贬义词乏善可陈，骂人毫无新意。再比如在课堂上，那个被郑家抢了单间的老师会拿他举例子，谈没有自我的问题，往往这时会由表及里，谈到个体的尊严，后来她说得越来越虚无，几乎要触及人类起源学。这时候郑直一言不发，沉默得像是人类还未起源时的模样。于是该老师就有这样的结论：郑直的腿病，本质上是脑子问题。

郑直说，他们昨晚抬起林积极的头尝试发电时，让他想起小时候他的头也曾被人摁在墙上，那时候薄若碎影的夕阳正从窗外泻进来，斑驳的墙壁上有种说不出的怪味，他就这样被人驾驶着，感受到了这一切，一起又让他困惑不解。他不明白为什么工厂小学里会有阶级，而他又为何是所有阶级的敌人。大家都说他没有自我，性格内向，走路难看，要用民主的手段专政他，即剥夺尊严，彻底打倒。这句话的意思是说所有人都可以靠打郑直获得个体的尊严，这就是所有人的民主。

郑直说，他很想当一个战地记者。小时候工厂里的孩子老打仗，两派人打在一起，根本不带他，他就站一旁看。后来气氛越来越和谐，逐渐有了共和的气息，仗也不打了，双方握手言和，说道怎么也该有个结果吧。于是便想到了打战地记者郑某的注意，他们把他的头固定在墙上，顺带还捕获了路过的一只狗，这就是革命的结果。他们宣读了判词，里面清楚地写着好几个错别字。郑直心想，你看看吧，要是不认字，流氓水平次。

郑直说，被当作战俘时，他看着窗外巨大的红色烟囱，喷出白茫茫的烟雾，逐渐化成天上浓厚的云。后来他想人被剥夺尊严后，天生赋予的东西像极了隐喻的讽刺，比如性别。那时他忽然想一天天的弱下去，然后成为一个彻头彻尾的雌性动物，那便是他奢望的安全感。于是他学着打扮，丢弃了性别，混入女孩群体，渐渐的欺负他的人变得少了。霸凌不再具有满足感后，暴力行为本身就变得空洞乏味。

郑直说，他从小就知道要放弃一切幻想，服从人尽可欺的秩序。别人说他走路难看，可他始终无法改变这一点，他天生双腿扭曲，发力困难。仅从这一点，许多人就能断定郑直思维愚钝，性格孤僻，不是个好小孩。照此逻辑，于是从小他就有这样的结论：人的心是长在腿上的。

郑直说，在工厂里上完初中离开后，他再也没回去过。前两年工厂搞拆迁，他再也没见到当初俘虏他的那群人。直到后来，他始终没明白什么是没有自我，什么是个体尊严，什么是民主。这些都像是无法揭开的谜，随着工厂的消失，永远无从知晓。

郑直说，后来他就住进了这里，遇到了许多想法奇特的人。后来他明白所谓平衡，是种秩序。就像在这里，他捶了俞熠的头，我也捶了俞熠的头，他推我下去后又和俞熠一起拿我的头撞墙发电，一切都很乱但又让人深深着迷。后来我告诉他最好的平衡就是没有秩序。这句话没头没尾，就这么被抛出来，不过谁也没有在意。我们醉醺醺地望向窗外，天地间一片光亮，仿佛若有所指。而我所身处的狭小屋内极昏暗，仿佛那个充满暴力和欺骗的故事，吃掉了所有的光。我迫切想从其中逃脱，到无欲无求的自然世界里去。于是我提议去后面的文明广场上看看。

荒原上一片素白，浩浩荡荡的正刮着乳白色的风。那时万籁俱寂，我颇有豁然开朗之感。在人类恢宏的想象里，天地倒置是少有的事。白天黑地里我们从未有过这样奇特的幻想，某天会成为世界上绝无仅有的浪漫主义者。那时我们走在云海里，仿佛两颗卫星。如果断绝与地面的联系，那我们将是宇宙里最自我的个体，孤独而不自知。可我们始终不能遗世独立，我们被赋予逻辑和情感，被地有引力拉扯，还被安排倒挂在浩瀚的天空中做规律运动。可我同时会思考：我这颗卫星为何运动，所向何处，有何意义，我始终不知。每当我由表及里地指向本质问题而不得时，心里总是很乱，像是那阵密度不匀飘荡的风，时而消散，时而骤起，无疾而终。

后来雪下得很大，四下里白茫茫的。这就是说现实留白，我可以想起很多事。我躺在雪地里，酒精烧得全身燥热，丝毫未觉得冰冷。我望着雪扑面而来，想起林化学对我说的话。

林化学说，林积极你不要"放卫星"，林家人也不会放卫星。你看我爷爷是挖地的，你爷爷是种地的，我是生产化肥的，你是卖化肥的，这就叫产业链。这就是说要一直链下去，否则就是"放卫星"，对不起林家。

如果把林家的产业链比作化学方程式的话，那他所希望的就是配平，上下互等，这就是说长辈意志丝毫不差地传下去。比方说林化学他爸希望他搞化肥增加亩产，即便他心有不甘，还唆使拉希德张炸掉化粪池泄愤，但也只能照做。后来林化学把我送进体制里，就是希望遵从他的意志，在张秃子的领导下死心塌地地卖化肥。这就等于说暗示我要配合张秃子使坏。但化学反应出了意外，密闭容器里多进了口氧气。我妈就是那口氧气。她性格强势，不乐意听一些过来人的鬼话，说要恪守妇道，相夫教子。这等于说林化学说话不管用，让他丢了面子。这时候我就不得不成为他们婚姻生活里的一杆秤，意见不合时裁决胜负。但事实上我权衡利弊后总选择站在林化学那一边，因为他手劲极大，打人疼得厉害。这点在我日后不称呼他，吃了许多耳光时更加深有感触。可我这杆秤又是虚无的，因为婚姻里根本没有胜负，他们越吵越凶，于是氧气作祟，破坏化学反应，最后猛烈爆炸。这时候我也脱离了密闭容器，彻底成为飘散在空中的任意气体。

林化学又说，林积极你要懂事，听进去道理，不能学你妈。关于离婚这事，林化学始终耿耿于怀，担心我不学好，步我妈的后尘。这是有道理的。我多半不听林化学的话，就像他当年要在家摆厂长的架子，颐指气使地对我妈时，我妈丝毫不理睬他，表现得强势又倔强。实际上，这也是我妈的毛病。

如今我妈离群索居，在小镇开了家花店。我去看她，她就跟我扯些闲话。她说很久之前有次她抱着我在窗口听雨吹风很凉快，我对着噼里啪啦的雨叽里呱啦地说了一堆有的没的，那时候她觉得这一切都极为有趣，还说当初她和林化学因为汤里放几个蛋吵起来，林化学说放两个，好事成双。她说三个，连同你这个笨蛋。说完她就自顾自地笑起来。白天店里开着电台，有人来了她就掐掉。晚上她整夜开着电视，无论里面释放什么情绪，她始终能酣然入眠。唯独当她合上卷帘门，骑车载着我穿过空无一人的街道时，世界才是静谧无声的。婚后林化学和我妈也有过甜蜜期，他们曾无话不谈，要好的好像要在耳鬓厮磨中走向流言的对立面。人类自古有流言，说婚姻是爱情的坟墓。这句话没写进圣人的语录里，倒成了人类面对时间和人性写就的狗屁道理。不信就是狗屁，信就是道理。无言和愤怒毁掉了他俩的爱情，让他们成为狗屁道理最虔诚的信徒。于是他们对婚姻没有了一丝笃定，连同朋友与友谊，都埋进了坟墓。我妈没有再婚，也没有了朋友。偶尔有人喊她去跳舞，她笑着自嘲，可又在舞群的边缘徘徊游荡。我曾劝她与人为友，可她硬得像块石头。

于是我开始试着理解她。可要在清贫的日子里寻寻觅觅，兴之所归总是困难的，否则道士不会下山，和尚也不会六根不净当上皇帝。史书里的隐士但凡不计声名，彻底归隐市井山林，又怎会青史留名，为外人知晓。山林沉寂，却暗藏惊厥之鸟，市井喧闹，鸿儒又岂能独善其身。这种孤独口是心非，就好像嘴上喊着皇上万岁，心里骂着臭和尚万死，一个道理。在我看来，人不能彻底孤独，就因为存在本身包含未知。假设举无遗策的和尚早知天命，自己将来要当皇上，那他必定伏案而叹。注定要当孤家寡人的和尚，早晚都是孤独，其存在就是孤独本身。可这是个伪命题，就像此和尚是个伪和尚。他自己也没料到六根不净，还能长出头发来再续前缘，故伪和尚成为真皇上，便是走向孤独，而并非成为孤独本身。这就好比隐士是在描摹孤独，而并非描摹自我一样。

我将这些讲给我妈听，她停下手里的活，皱着眉头说我跟林化学一个样，净讲些道理。对她而言，是否成为六根不净的和尚或是隐士都不重要，人能否彻底孤独也不重要，重要的是自我抉择，过率性而为的生活。哪怕在拥抱孤独和拥抱朋友间矛盾也全无所谓，人生并非要解决矛盾，矛盾地过一生也未尝不可。

假设我妈当年听信了他人之言，放下倔强与强势，在不情愿与心有不甘中度过一生，那才是真的孤独。人一旦接受了某种他人意志的安排，便真如某个配平的化学方程式，写出前因，便知后果，跟标准答案似的。我时常想，人生真的需要答案吗？

雪下得很大，我困倦不知归处。临睡前，我说郑直是否感到孤独过。郑直对我说，有时候他还会想起那个日夜劳作的工厂，那个破敝昏暗的宿舍楼，那条堆满杂物的狭窄过道。每当他俯身在杂物堆里穿梭时，头顶的灯总是闪闪烁烁，好像世界要分崩离析，不复存在，那时他自觉孤寂，不甚了然。听到他这样讲，我顿感虚无，不知一切。

十一

张秃子说，林积极是他的革命火炬。这句话不大动听。所谓火炬，就是点燃的棒槌。不过两者也有所区别：执火炬者，燃烧自己照亮世界。执林积极者，燃烧棒槌，照亮自己，也就是说挥舞着让别人献身革命火海，保全自己。张秃子还说要帮火炬检查身体。得知我入院的消息时他心急如焚，只恨公务在身，不能前往。他说你是得了脚癣吧，来给伯伯看看。我说是肺火虚浮。他说你看看吧，都往上蔓延了。我听后极为感动。

跨年过后，我回单位上班。张秃子热情地迎接我，我也故作感动，好让他的客套显得尤有意义。你看这时候我不得不成为他的台阶，好让这花哨轻浮的一脚踩得极为踏实。我开门见山地说要帮某些同志纠正错误，言下之意就是说可以写举报信，他听后激动地握住我的手，不断拍着我的手背，说先养好病，不急不急。他拍得极为有力，几乎要把未料之喜和春风得意都拍进去。后来就有了这句不大动听的赞美之词和毫无逻辑的关怀。你看这时候他又成了我的台阶，欢呼雀跃地要把我往上捧。只可惜他的秃头太滑，我这结实的一脚丝毫踩不稳。

我做点燃的棒槌并非真心之举，也并非骤然起意。我身处张秃子要布的局中，等同于我与他利益勾连，这就是说他也给我布了个局，看我是否有意成为林秃子或是林微软。可我始终不想，尤其是常年坐着，坐出一个油储量极其丰富的陨石坑来。但要破局，首先得承认局的存在。先前我一直拖着，始终不是解决之策。这下我心甘情愿地破门而入，就是破局的开始。也就是说我要给张秃子换张椅子的同时，还要努力保住我的头发和硬度。

可张秃子始终没有找我，一连几天都悄无声息。年前的换届迫在眉睫了，他一反常态的轻松自在，好像这事根本就不存在。这让我对一切都起了疑，这时候我很想在他光亮的头顶一探究竟，看看我是否真的曾经踩在上面过。

林深说张秃子这是在欲擒故纵。对此他的理解是：没有竞争力就是最大的竞争力，没有野心就是最大的野心。这话听着没什么问题，颇有几分道理。可他又说，这样的道理就不适用于关系，因为没有关系就是最大的问题。他这么说，分明就是在指桑骂槐。原先是我对他说我要往体制外跑，所以没有竞争力。后来又是我告诉他我和张秃子是"伯伯和棒槌"的关系。这就等于说我本末倒置，掩耳盗铃，把亲密的利益关系埋起来后，说自己与世无争。上一个这么做的笨蛋往地里埋了三百两，还狡辩说此地无银。

我和林深的关系现在忽远忽近，难以捉摸。如果按照他所说的"精神炎症"理论，那我和张秃子的关系就是他新长的骨刺，时不时扎在他那颗跃跃欲试的上进心上。我不想失去他这个朋友，唯有毫无保留地坦陈与张秃子的所有事，摆出一副袒胸露乳的模样，再允许他拿着像长矛一样尖锐的话来刺我。只有这时候，他才不会把我当竞争对手。

中午吃饭时，我为了友谊便交代了张秃子这段时间毫无作为的现状。按照目前的局面，范大发中举势在必得。李龟蒜还在研究情色杂志，王炸弹还在讲炸弹故事。如果再这么装模作样下去，张秃子就要在他的陨石坑里挖一辈子油。化肥厂也不再姓林，以至于将来林化学炸金花甩牌时也不再底气十足。按照我的设想，为避免这样的结果，张秃子应该抄起坚硬无比的带鱼，和伪君子范大发互刺，你来我往，共同书写人类的职场文明史。可事实是张秃子看起来已经投子认负，劲头上输人一等。用他赞美对方的话说就是：范大发范大发，化肥事业一朵花。带领我们再出发，遍地黄金遍地瓜。

这打油诗，油量丰富，可见陨石坑不是白挖的。我很不乐意把边陲单位里的权力斗争形容为泥潭武斗，这就等于说我是张秃子的泥腿子。可本质上这种竞争关系就是烂泥横飞的肉搏，看谁最后能上岸。我刚进来时张秃子对我说，为人处事要厚积薄发。这就是说我要插在泥潭里，不可妄动，等着破土而出。可脚上的泥积得太厚，很难拔出来。再看张秃子，双手合十，俯首称臣地插在泥潭里，这就是说与世无争。但在我的设想里，张秃子应该在最后一刻勇往直前，趁其不备，迅速从泥里抽出腿，读秒间干翻对手，然后指着黑脚对我说："棒槌，这才叫厚积薄发。"

回到单位的那段时间，我依然无所事事，一下班就早早回去。家里空荡荡的，李荀和俞熠最近总是晚归，反倒是郑直常常来找我，说些哲学问题。这家伙自从跨年夜后像变了个人似的，总是絮絮叨叨，和我分享各种事。比如说修车时他在思考同一性问题，即他和车本质上都是为人服务的，但直面黑漆漆的车底时，他始终觉得自己又是和车矛盾对立的。为此他困惑不解。像这样的话他说了很多，起初我还乐意听，到后来他在我耳边喋喋不休时，我觉得脑袋很胀，好像许多人往里面钻：康德要对我讲他的三大批判，斯宾诺莎大谈伦理学，以及胡子飞扬的尼采要谈存在问题。这些声音很乱，让我少有的灵魂出窍。

"你怎么看同一性问题？"郑直问我。

"同性问题？"我脑袋里的维特根斯坦问。

从雪地里回来后，我常常被无穷的想象缠绕，编织某些虚妄的幻想，然后遁入其中不可自拔。下班回去，路过俞熠的煎饼摊，我看见一个仙姑正磨刀霍霍向猪羊，一旁的牛子颠着锅，忙得不亦乐乎。我一脸坏笑地要买张饼，牛子不大乐意，始终侧着脸，拿一只牛眼瞧我，生怕我说出什么惊人之言来。

晚上，牛子瘫在沙发上。我欲问此事，他却一言不发，还是拿一只眼睛瞧我。我气急败坏，将他拖到砧板上，挥刀就要逼供。

牛子大惊失色："林屠夫，容我说两句！"

"老实交代，否则剁了你的牛鞭！先阉再腌！"

听闻此言，他反而不慌不忙，直挺挺地翘起鞭子："给你句忠告，这东西太硬朗，当心坏了你的刀！"

我瞅准鞭子，一刀剁在他的牛蹄上，牛子惨叫一声，登时就老实了，打算如实招来。他的鞭子松弛下来，软塌塌地垂在桌边，说道："那姑子爱吃我做的饼，想跟我学两手。"

我问道："老实交代，你俩啥关系？"

"不老实关系。"他眯着眼笑，随后瞪圆了两只牛眼，"先不老实，才能有关系。"

事实如此，俞熠还没能挑明这段关系，就被我急于戳破。这段故事简单到仙姑只是吃了俞熠的煎饼，就决定留下来学以致用。但我始终觉得故事的开篇不够荒诞，我总在期望一段爱情迎面撞上约瑟夫海勒的笔，或是复活岛石像的眉眼，裹满破碎的诗意，一切坦然又可笑。于是我的幻想是这样的：牛子在热气腾腾中看见仙风道骨的姑子，激动万分，鞭子撅得老高。姑子没见过此物，于是欣然问起。牛子灵机一动，直言道："此为腊肠，风吹日晒，少年老成！"姑子问怎么卖，牛子对曰："半根卖命，一根卖情。"

"胡扯！"俞熠从沙发上坐起来，"一段纯粹的感情被你谈到乌七八糟里去了！"

的确如此。俞熠与女孩做了倾心之谈，以此证明是纯粹而不是春水。我期望的这段感情，实际上诞生于烟火中热烈的倾诉。

女孩说她叫冷热，家住北方的山里。她的父亲是当地有名的劁猪匠，阉割了方圆几十里的猪。初春时节父亲就会带着她，翻山越岭去劁猪，满山都是他招摇的铃铛声。铃铛一停，只要弯刀一勾，接住掉落的东西，再扑上一把草木灰，就听见猪沉闷的哀号，这就算是完成了。因为手法精奇，绝不补第二刀，所以大家都叫他"冷一刀"。冷一刀说，被阉割后的猪不仅肉质鲜嫩，没有骚味，而且易于管理，除了埋头吃食，其他什么都不知道。这就是说毫无欲望，其存在的意义，就是用不着知道存在。

冷热说，她和猪不同，她始终觉得人之存在，就该是个武侠故事。在那个快意恩仇的世界里，冷一刀该是个行侠仗义的刀客，路见不平，拔刀就剞。如果他一路剞下去，那这将是个无欲无求的世界。三十年前冷一刀就有这样奇特的想法，可他始终是个与世无争的人。

冷热说，冷一刀也想象剞猪一样剞掉她的欲望。翻山越岭时，她跟在冷一刀身后，山里的风很大，她穿着宽松的长衣，看着衣袖在大风里飘荡，荡漾出许多涟漪来。风把树林吹得哗哗响，这个时节的树最是茂盛，雨水充沛时，树和人长得一样快。这时冷一刀对她说要教她剞猪，还说这手艺并不容易，一刀又一刀，剞的都是贪念。没了贪念，活得才轻松自在。猪是这样，人也是这样。

冷热说，冷一刀在说剞人时，她满脑子都在想干尸的事。有人说后山有干尸，她对此事充满了探索欲望。在她的构想里，她这个刀客手执猪血刀，豪情万丈地和干尸大战一场，最好再短暂地女承父业，拿干尸实践一下手艺。如果剞得顺利，还可以乘兴谈点哲学问题。可她始终没找到干尸，后山里草木皆盛，什么也没有。后来她看见冷一刀劁过的猪，毫无诉求地吃食时，才悟到后山里哪有什么干尸，这里遍地都是。冷热说，后来她考上大学，走出大山，全凭探索精神。这就是说她对一切都向往，内心欲望如潮，坚硬如铁，谁也劁不了她。

我畅想刀客和厨子这样结合后，一手执刀，一手拿锅，攻守兼备。这就是说全力去干，也会做饭。就算中弹，有备无患。此谓"刀客的烟火情结"或"厨子的江湖猜想"。

我问俞熠：你能教冷热摊煎饼，冷热教你什么？劁猪还是劁人？

俞熠答：劁得一干二净，人还是人；劁得一知半解，人就成了猪。

我又问：学摊煎饼用一个笨鸡蛋就行，那学劁人呢？

俞熠答：用一个笨蛋。

你听听，居然要劁李苟，太不像话了。看来俞熠还是没搞清楚主要矛盾，所谓爱情，就是要和与生俱来的孤独和解。冷热向往全新的生活，绝不瞻前顾后，就是她和解的方式。其实劁人劁猪劁李苟都是一个道理，即劁自己。一刀知深浅，百刀知世界，刀刀知自我。此谓"哲学式阉割"，即阉割就是认识自我，忘却自我，服从世界的秩序。但冷热偏要逃脱这种自问自答式的宿命，像打开盒子一样打开欲望，这就是说要打破秩序，揭开世界的谜底。

世界的谜底到底是什么呢？天台打架的那晚，他间接提出了这个问题。后来俞熠说，在他追上黑巴士离开县城的那个傍晚，他看见夕阳下风吹麦田，那时他就有这样的想象：

他躺在麦浪里，正视着空中万物。薄云低垂，夕阳如炬。世界就像奶油蛋糕，切开后层次分明：有人想制造风景，有人想成为风景，还有人想欣赏风景。后来有个女孩走过来躺在他身边，指着世界的律动说："看，奶油化了。"他抬头一看，化得一塌糊涂，可蛋糕的本质还在——风景变了，人也不在了，可世界还是那个样。云和月，雨和日，晚霞和傍晚。时间，仿佛就是世界的谜底，仿佛又不是。

可冷热并非想要白日梦式的猜想，一知半解地洞悉世界。她握着刀站在门外，毫无畏惧地破门而入，切开这个纷繁复杂的世界。她一定会说，"我"才是世界的谜底。可俞熠不曾有这样的顿悟，他虚张声势，尚未有毅然决然，推倒一切的决心，只是把一切都推给时间。这是人之本能。

我很悲观地看待这种矛盾。可转念一想，那又何妨呢，最多不过是厨子一场须臾的春梦，梦醒了，多想了，猜错了，世界还是那个世界，俞熠还是那个俞熠。末了，会有人对他说："嘿，你看看吧，一嘴的奶油，春梦了无痕。"

十二

　　某天吃火锅时，何平向我们描绘他构想的世界。自从他在落满尘埃的平原上繁衍出人类后，便须从抽象的性幻想中抽离，开始具象地构思世界。他将世界的本质解释为"真相"，这样一来世界的一切都可解释得通。哲学是"解释真相"，宗教是"重塑真相"，政治是"摧毁真相"，艺术是"描摹真相"，经济是"贩卖真相"，而科学是"揭示真相"。现实世界中，人类自古崇信"上帝"和"天"，缔结一个巨大的谎言，由此解释为统治者的合法性。而何平想要科学地重构一个世界，因而需要揭示世间所有的真相。他构想人类会在平原上搭建起一座与天齐肩的高塔，塔身由一千个真相组成，象征着真相的崛起。

　　何平说，无论如何他都必须脱下裤子了。人类文明史中未记载人类祖先裸露裆部的行为，但凡遁入想象，也必是树叶缠身或虎皮覆盖，可见"最初的真相"打起始便被刻意隐瞒。尽管后人有研究佐证人类是从猿类进化而来，但也必是一次性浪漫的产物，这等于说人类世界"最初的真相"便是祖先的生殖器。这点写入文明史中与"进化论"相提并论显得尤为不雅，因而作为客观事实便无人谈起。但何平作为祖先必须揭示该真相，垒起这个世界的第一块砖。

人类诞生后，何平离群索居，过上了隐居生活。为此他构想了人类的领导者"老方"和"P先生"，领导人类建塔。两人有不同的领导方式，老方主张"授人以鱼不如授人以渔"，提高教育水平来引导人类独立挖掘真相。而P先生则声称"授人以渔不如一劳永逸"，建立标准，照方抓药。两人约定互不干涉，由此诞生了两条遥相呼应的平行线。而这一切，都记载在一本名曰《夜光志》的书中。

起初，两人尚能各司其职。老方开设学校，创办教育，教人们明辨是非。P先生则制定了二元对立的真假标准，非黑即白，若不为真则必为假。时间一长，在两种思想的影响下，人类开始左右摇摆。老方告诫人类真假既对立又统一，因而要有所言，有所不言。这本质上与P先生所宣扬的"知无不言"背道而驰，但老方为避免冲突，践行着他"有所不言"的思想，对于P先生的咄咄逼人表现出妥协性来。然而人们对他的沉默表示质疑，从而质疑他的学说。P先生的强势让他成为一把锋利的矛，不断刺向老方这把步步后退的盾上。两条强弱分明的平行线，在不断交织和缠绕后，最终倾斜向一个难辨真假的结局。

望着矗立的高塔，P先生动起了歪心思，他组建起"真相纠察小队"，以"破坏建塔事业"的名义逮捕反对者。控制媒体和舆论，树立起个人威望。同时开放市场，允许真相作为商品流通，通过制造假象来编织真相，攫取巨额财富。真相被资本化后，在短时间内被批量生产制造，从而加速了高塔的建立。有传言称这是史无前例的真相时代，一时间人们噤若寒蝉，仰视着高塔，就如同仰视P先生一般。高塔作为真理与权力的象征，成全了他解释为领导者的合法性。他的身旁围起信徒，一脸崇拜地围猎真相，在民众间掀起巨大的舆论浪潮，拍碎任何一艘打算鼓浪逆行的小舟。

滔天的洪水最终吞噬了老方这艘巨轮。P先生成立"真理委员会"，自任委员长，架空老方，将解释权握在自己手中。随后网罗罪名，发动舆论攻势，将老方塑造成"推塔反派领袖"。一时间舆论哗然，信者有之，质疑者众。在一片喊冤与唾弃声中，庞然大物轰然倒塌。平原的天一片朗然，仿佛一切昭然若揭。

据《夜光志》记载，老方被捕的当晚，他与P先生有过一段对话。

老方跪在真相塔前，笑道："大人，好手段。"

P先生一本正经地呵斥："糊涂！都什么年代了，要民主！叫太人，关键部位要凸显！"

"你还真是不忘本，时刻不忘'最初的真相'。"

"祖先之事不能忘！P先生说，"老方啊老方，你还没明白，重要的从来都不是真相，而是权力。"

塔顶的大灯明晃晃地刺过来，黑夜中老方什么也没看见。那晚，他死在了雪夜里，真相塔成了他的墓碑。

老方死后，P先生的权力没了制约，政治上奉行极权主义，禁止言论自由，在民众间树立起个人崇拜。他的信徒们宣称："P先生句句道出真理"，被民间戏称为"P理派"。但同时，老方的拥护者们也开始抱团，创建反P联盟"辣子鸡丁"（鸡丁藏在辣子之中，意为真相匿于淤泥之下），他们继承老方的遗志，科教于民，引领人们实事求是，寻找真相，因而被外界称为"辣鸡派"。两派的斗争愈演愈烈。真相派坚称老方是人类探寻真相的尖兵，高呼"老兵不死"；P理派污蔑老方假仁假义，满口谎言，宣扬"老贼已亡"。

因P先生的高压统治，平原上的人们深感不满，辣鸡派反而得到民众广泛支持。母元1013年11月，老方逝世一周年。P理派突袭真相塔，而后贼喊捉贼，嫁祸给辣鸡派，从而使辣鸡派陷入了自证清白的泥沼。随后P先生又突然宣布戒严，大肆搜捕辣鸡派人士，查封私设学堂，销毁进步书籍，史称"一三事变"。"一三事变"牵涉甚广，逐渐演变成P理派清洗辣鸡派的政治行动，无数无辜民众被牵扯其中，平原上血流成河，一时间民怨沸腾。P先生不得不终止行动，并栽赃给几名执行者，"一三事件"这才宣告结束，但民意汹汹已成鼎沸之势。

同时资本的力量也开始反噬。资本市场搅起的滔天洪水，越发不受P先生控制，真相开始通货膨胀，陷入资本主义的困局之中。P先生再难寻到一块砖，先前他用一百个谎言编织的真相，以假乱真，让真假失去了意义。当遍地是谎言与欺骗时，也就没有了真相。

母元1015年，民间传言真相塔有砖块掉落，蛰伏已久的辣鸡派开始借机宣扬老方的死是个"巨大的阴谋"。P先生欲盖弥彰，用幕布遮住了高塔。一切呼之欲出。那晚，平原上发生暴动，P先生慌忙出逃，不满独裁统治的人们愤怒地推倒了高塔。成千上万的真相与谎言迎面砸向人群，人类曾经的信仰轰然倒塌，砸死了一大片朝圣者。幸存下来的人说，他们用一个谎言推倒了无数个真相。后来又说，他们用一个真相戳穿了无数个谎言。

《夜光志》开篇说道："黑夜中的光刺眼，让人看不见

真相。可当世界的一切都是谎言时，那束光又成了唯一的
真相。"

故事讲完，我们仍沉浸其中。何平的构想让我们短暂地
脱离现实，获得一种由斗争与人性编织的诡谲感，它的余味
是晦涩干巴的，就如同辛辣的底色是种苦味，它在强烈刺激
过后拖着我们滑向一种俯瞰和质疑一切的语境之中。我们由
构想向现实过渡，拖着苦涩的尾焰，开始审视周遭的一切。

这些天李苟表现得很沮丧，就因为凌晨向他畅想了婚姻
生活。我将其理解为一种引发言语障碍的失落感，即表达困
难，不知所云。我很担心他再这样障碍下去，会成为某些
文风如猪油的作家，下笔就是疼痛与死亡，鸡血与狗血。于
是我据此追溯起李苟的整个前半生，首先这一切要从年少
起笔。

说起来少年李苟的成长史就是一部诙谐的发家史。他家
住在某单元楼八〇一室，史称"八〇一王国"，他爸是国王，
兼国防部长和财政部长，他妈是王后，兼后勤部长和教育部
长。李苟是王储，本质上是权贵属性的劳动阶级。王后不
满国王专横独断的封建作风，起兵说要联邦，这个兵就是李
苟，等于说他从王储被转化为崇高的革命者。革命胜利后，
史称"八〇一合众国"，搞联邦制。李苟任国会议员，国会
天天闹腾，开会打架，议员就等同于战地记者。但联邦像话

吗，各论各的明算账，算不清也说不过去。后来国王一翻史书，说别折腾了，书上说没路啦，离吧。于是一纸草诰，进入战国割据时代，这就叫"割以永治"。八〇一留给了李荀，王储成了王。那时李荀刚小学毕业，年纪轻轻就已是地主和资本家。人类千年演变的政治体制，在小小的八〇一，又折叠回去了。

战国时代，李地主又成了一杆秤，这点上他与我很像，吃不准是非，只判断谁的拳头硬。李母专打意识形态的铁拳，这就是说坐而论道，从精神上瓦解对方，俗称"坐"家。李父就打铁拳，这就是说不讲武德，从物理上折磨对方，俗称"武"家。坐家攻心，武家捶人，教法上文武双全，要是诸子百家都从史书里跑出来，兴许还能再热闹地争鸣一下。

李荀说，他的本质是木头。坐家施以教诲，侃侃而谈时，他要扮演一棵可雕的朽木，这就是说教诲如刀，入木三分。而教诲的全部内容就是李父如何之坏，老匹夫如何欺侮你我。后来他把这些讲给武家听时，他又必须扮演一根木人桩，抗住愤怒的拳头，这就是说拳脚如爱，枯木逢春。

"嘿！木头，你尝尝老父亲的这掌，这叫父慈子孝。"面庞吃了一掌的李荀晕晕乎乎间听到这么一句。这掌慈爱受力不匀，左脸明显凸起。

坐家不干了："嘿！木头，这老匹夫欺侮你我太甚，打人不打匀，还说爱李荀。再看我这掌慈爱！"这掌发力明显，如耳边雷。这下左右脸匀称多了。李荀感动极了，没想到此时母亲依然为他着想，一股浓浓的幸福感油然而生。

李荀说，他的本质还是翻译家。后来他变得聪明了，不再原模原样地传话给武家。坐家说："老匹夫是流氓。"李荀翻译道：老父亲吉祥。坐家说："老匹夫是恶棍。"李荀翻译道：老父亲一帆风顺。坐家说："老匹夫真不行。"这句最难翻，骂人骂到了本质。李荀思忖良久，决定夸其软肋，最后翻译道：老父亲硬！你听听，不能说丝毫不差，几乎是截然相反。一来二去，武家很高兴，不再打李荀。坐家也骂痛快了。他就这样两边讨好，大搞外交。

后来他把这种行事风格日常化，名曰"和众"。比方说我和俞熠要吃秤砣，我要从上面开始吃，俞熠非要从下面开始吃，这就是说吃法对立，非一不可。李荀作为和事佬，这会儿应该从以下两个角度切入：

吃什么秤砣，正常人谁吃秤砣。这就是说本质出了问题。

不要上下吃，咱串起来烤秤砣。这就是说吃法出了问题。

这等于是说服他人，属于正常思维。但李荀的思维如下：

认同林积极，劝俞熠从上面开始吃，如此上流。

认同俞熠，劝林积极从下面开始吃，如此不下流。

这等于是说服自己，属于异常思维。李苟总想着两边通吃，谁都不得罪，并将此作为自己必要之责任，这等于说比吃了秤砣还难受。李苟这种性格就是源于这些个困局，在无法抉择中被迫成为一杆秤，努力维系着两端平衡，不许少流一滴血，不许多淌一滴泪。秤偏了就会有人说"这孩子不分是非"，秤断了就会有人说"这孩子玻璃心，玩不起"。拿秤的人都在衡量是非，只有秤在乎每个人的感受。

这就是李苟的本色。只在山顶的某刻避重就轻，下了山就在现实和理想里半推半就，直到李苟的生命中出现凌晨。这个女人打一开始就顾及他的感受，体贴到让李苟试图赌上整个人生。但对婚姻的恐惧又让他敬而远之，悲观地看待这段感情。

有人说爱情就像冲水马桶，甜蜜和性欲会冲走所有的糟粕，只留下一汪净朗的清水。而婚姻就像化粪池，要接纳彼此的缺点与弊病。时间一长，很容易一点就炸。我和李苟并不迷恋这种说法，这等于说我们作为婚姻的产物也是池中之物。但我们都害怕婚姻，就因为上一辈的婚姻照方抓药，多半为治一种叫"不孝有三，无后为大"的苦疾，却顾此失彼，患了另一种疼痛。一句婚姻不幸，两情不悦，最后跨代传递，痛的是我们这代人。人们都说长痛不如短痛，就因为急促的撕裂阵痛一时，长久的痛方知苦楚。但婚姻并不如此，它撕裂后长短并存，短的连着皮肉，长的牵扯灵魂。因而枯竭与晦涩泯灭了我们对婚姻所有的畅想。

李荀逃避家庭，所以他向往无拘无束的自由。可黑夜里将要触及自由时，他又心生胆怯。无不斜视时，好像无所畏惧，又好像无所不惧，一切都是矛盾的。凌晨的出现像是好事，她照亮了一条清晰的路，但看得清的路就像说透了的话，什么都说了，又好像什么都没说。李荀知道，这条路的尽头就是家庭，而那又是他一切痛苦的根源。他被光吸引而去，自由就藏在与他背道而驰的影子里，被拽得很遥远。一切又都是矛盾的。

关于这一切，我都尚无定论。尽管我与颜然有了婚约，但并不代表我对婚姻全然渴望。这一切皆无定数。但唯有一点可以确定，婚姻就像那座平原上的高塔，有人瞻仰，顶礼膜拜，就会有人试图推倒它，成为证明爱情失败的遗址。

十三

　　我头一回见到鹿冬时，她正对着林深喋喋不休。自从她不请自来后，无论我们聊什么，她始终喋喋不休，阻止林深喝酒。这等于说桌面上同时存在两个声道，这种感觉很像是翻译在侧，让我们一度怀疑自己在打哑谜，需要人解题。不久，主流声音就弱下去，直到一片死寂。往往这种时候，干咳渐起，以动衬静。

　　林深说没事，继续来。翻译过来就是说见怪不怪。

　　鹿冬说不行，又耍赖。翻译过来就是说自找不快。

　　林深说胡闹，朋友在，翻译过来就是说面子抵债。

　　鹿冬说混蛋，你真坏。翻译过来就是说虽坏仍爱。

　　你听听，太不像话了，一唱一和，欲盖弥彰。这就像鹿冬捧着机枪对着林深一阵突突，林深说"嘿，亲爱的，歪了"，把枪口一转，对着我们扫射一番，还解释道"别介意，她人就这样"。

年前的最后一个周末，我们约在一块吃饭。说是吃饭，其实目的不纯。俞熠是想解决过年去留的问题，他不大乐意回家，就想把我和李苟也劝下来。我呢，是想把和林深的关系放在小圈子里缓和，这就是说混入其他两个杂质搞实验，搞得好就是友谊提纯，搞得不好就是物理蒸发，徒留杂质。由此可见这就是一劝一和，一明一暗。俞熠劝我俩，劝得海浪澎湃，这是明；我和情谊，和得溪流涌动，这是暗。明暗交织，于是有了以下的局面：

俞熠对我说："留下来吧，棒槌。"

我对林深说："喝吧，都在酒里。"

俞熠对我说："留，棒槌。"

我对林深说："喝，酒里。"

俞熠对我说："棒槌！"

我对林深说："喝！"

言简意赅，想不到喝酒还能吞字，如果再喝下去，很可能要演哑剧，只字不言却兴致倍至，简称"哑兴"。偏偏这时，翻译官鹿冬忽然而至，坐而论道，普及了喝酒的弊处，极大提高了酒桌上的词汇量和科学素养。就在鹿冬讲得兴起之时，林深与我对视一眼。这一眼，像是偷看我的反应。我顿时明了，要顾全他的体面，于是我端起酒杯，上前扼住翻译家的咽喉：

"鹿老师，受教受教。"

可力道不够，咽喉没扼住，喝完后鹿冬又叽里呱啦地讲个不停。这时候李苟端起酒杯，伸手来帮我：

"鹿老师，明了明了。"

两只手都扼不住，这下俞熠也跟着急了：

"长舌婆，得了得了。"言下之意是激起敌我矛盾。

这一下确实安静了。话说不开时，话里话外都是点到为止，清者自清。话说开后，反倒意犹未尽了。这时候必须再说些什么。

"嘿，你骂谁长舌婆呢！"林深得令蹿起来，这一下蹿得过猛，膝盖磕到桌沿上，触发了膝跳反射，踢得桌上的酒瓶晃晃悠悠的。他涨红了脸，摁住酒瓶，强忍着酸麻要把戏演下去。没想到喝酒喝出个舞台剧，一个扮演围魏救赵的救火者，一个扮演假意维护的被救者。这种戏要点到为止。

可也不知道谁当真了，说着说着就搞阶级矛盾。俞熠说林深在家没地位，一个女人都管不住。林深说俞熠卖煎饼的，无产都算不上，只能算遗产阶级，还好意思谈地位。这就是说一场心知肚明的戏，笑着笑着就拔刀刺对方软肋。再多说一句，戏里戏外就要天下大乱。

这时候，面子要挂不住时，再急眼就真得丢面儿。要是搁以前的混劲，林深准得掏了俞熠的鸟窝，可在体制里混了几年，忍气吞声的事多了去了，踩一脚捧一手，吃点亏受点气，这种小心思就跟杯里的酒似的，一杯不醉人，两杯装糊涂，三杯下肚浊者自清。可这事也不能就这么算了——于是，他掏鸟儆猴，掏了我的鸟窝。对此，我理解为苦肉计，转移矛盾，也就是让我苦一苦，缓解尴尬，快乐大家。这是具有奉献精神的事，对此我颇为乐意。林深揪住我的裤裆，众人缠作一团时，唯独我痛并快乐着时。没想到提纯，提着提着就行为不纯了。

你看看，这就是酒后雅兴。后来我与两个革命青年同样在酒桌上坐而论道时，就毫无此兴致，反倒是酒精利尿，排尿时兴致倍至，简称"尿兴"。这两个革命青年就是林化学和张秃子。他们之所以相聚，就因为我在电话里说张秃子恐竟争总经理无力，于是林化学就扯着来看我的幌子一探究竟。要说真是几十年纯洁的革命友谊，几句话就能在电话里交代了，非要大老远跑过来，要么兹事体大，要么太不像话，我也懒得细琢磨。总之这样一来，当年震惊一时的化粪池爆炸案的两个主犯就聚齐了。

风雨三十年，当年化学极差的拉希德张，早已和被炸的池中之物一样一飞升天，成了主管人事任免的张主任。而化学课代表林化学才高却志小，时至今日还只是小小的化肥厂厂长。那天夜里两个光着屁股坦诚相对，要给田地施肥的有志青年，如今穿上裤子端坐时，头秃得倒是坦诚，心里却藏着事。这就是说裤子遮了屁股也遮了心，秃了头也秃了志向，两人都被岁月上下薅着，直到中年。这点我看得很清楚。林化学想问总经理的事，却碍于我在，不想低人一等。张秃子不想当我面明说这事，可又想在下属面前扬扬威风得意一番。于是两人声东击西地谈往事，张秃子主讲，林化学补充，顺便递递小话，垫垫台阶捧一捧。张秃子也不托大，蜻蜓点水轻踩一下。嘿，就是这一下，踩得你我称心如意，这酒喝得甚明就里，极好。

可还差一下。于是我单刀直入，斜刺里杀出直奔主题。

"伯伯，敬您！"我敬出了感恩戴德之意，就差潸然泪下，泪湿衣裳了。

"贤侄，甚好！"他喝出了气吞山河之感，就差挥斥方遒，指点江山了。

"我儿，再敬！"他喊出了撕心裂肺之势，就差摇旗呐喊，鞭炮齐鸣了。

一台戏罢，前戏也就结束了。这时候膀胱沸腾，尿兴已至。林化学说他要和张秃子谈点正事，说着就往厕所方向走。这就是说重温革命友谊，不露屁股不交心。后来两人又衣冠整齐地坐下来，发现事情没谈干净，张秃子一个眼神，两人又重温去了，这就是说温得不彻底，交得不够深。一顿饭来来往往温几次，入不敷出，很容易营养不良。菜都凉时，他们总算温完了。林化学问还有什么菜，言下之意是说温得饿了，要补补。服务员说可以加个汤。林化学问都有什么汤啊。对方说只有王八汤了。林化学大喜。王八汤上来时，罐底果然趴了只岿然不动的王八。林化学赶忙给张秃子盛了一碗，说王八百年，熬的都是久居困顿的失意，意为劝进，别学王八。张秃子又岂能不知，笑呵呵地连喝了十几碗，这下营养充足，收支平衡了。

可见蜻蜓点水就会立足不稳，林化学这一撤台阶，张秃子就步履蹒跚，趔趄将倒了。他又岂能吃这个口舌之亏，于是张秃子对我说："你爸高中时有一外号'清道夫'，那会厕所都是你爸打扫的，那叫一个干净哟。"他自己不舍得在里面拉，就拉上我去后面菜地施肥。你问你爸是不是。林化学只能笑着说是。张秃子又说，清道夫可是杂食动物，连王八屎都吃呢。说完两人便挽手而笑，笑得本质都快掉了出来。各给一巴掌，扯平了。这时候大笑方能圆场。

就这样，一顿饭吃得云遮雾绕，吃的是肉，累的是脑袋和前列腺，但最终要补的是心。后来林化学反复跟我强调，给张秃子做事要用心，言下之意就是无论做火炬还是棒槌，都要兢兢业业。做火炬照亮前路，做棒槌扫清障碍，总之是开路。这样一来，我也是个清道夫，林化学是善后，我是拓前，一身祖传的本事。可后来我一细琢磨，一顿饭两人反复地温，饭时给我做戏，饭后教我做人，这岂不是把我当作王八！瓮中捉鳖，温水煮之，开盖放些父爱与期许，再沸水炖之，必使肉质糯烂，久而入味。嘿，思来我竟是清道夫与王八！

可想明白这点也无济于事。年前的会上，我这只鳖坐在最后，探头向前望，前面戈壁荒漠，寸草不生，就望见许多油光发亮的头。而越向后越是枝繁叶茂，发量如云。掌声中唯两个发量尚可的领导上台，这就是说头发守得住，晋升有门路。嘿，谁也没猜着，李龟蒜居然混上副总了，我乐得手都拍红了。看来平时杂志没少读，关键时刻能厚积薄发，这就是说思想不保守，出路总会有。我再想探头越过秦岭看看张秃子时，戈壁上飞沙走石，迷乱人眼，根本看不清。当然他也并非一无所获，单位给他换了张新椅子，这样一来他连挖油的机会都没了。后来旧椅子作为踏实工作的物证，被收藏展览，他也被树立为坚守岗位的典范。所有人都赞叹于铁杵若能磨成针，屁股也能坐出坑。却不知要是挖一挖，地球的石油储量兴许能再翻一番。可明眼人都清楚，这就不是新椅子和石油的事儿，换张椅子是给面子，拿去展览是种补偿，成年人的体面就像赝品花瓶，会说话的当众捧着，懂行的心里透亮，三分薄面七分人情，都是逢场作戏，皇帝的新衣。

单位放假后，俞熠一直劝我留下来过年，我思虑再三，还是短暂回去几天。李荀和我一样，大过年的有所顾虑，家庭一旦一分为二，就需要首尾兼顾。这时候我们就很像贪吃蛇，首尾不能相遇，又必须游刃有余。

临走前的那晚，我去找何平和郑直道别。何平闭门构想已一周有余，久不见其人。最近《河底海怪》中言"老方未死，缔造了平原上最大的谎言"，又勾起了我们的兴趣。只可惜何平时常为构想缠绕，极易分心。某次他久久凝视着我，半晌未动丝毫。我问他在想啥，他说西西弗斯推着巨石一路向上，越过了山脊与平原，推进了灌木丛林里。我不解其意，他说我的尖嘴正如陡壁，西西弗斯要爬进我的头发里。

我敲了几声无人应门，于是便打量起门上的小广告来，何平空闲时就喜欢出去铲小卡片，最近又贴了新货，上面写着"霸王硬开锁"打量了一圈，才留意何平换了副对联，上联写着"最喜老子无赖"，下联"允许苟且懈怠"。

后来我又去找了郑直。最近楼下野狗众多，团伙作案，人来了就一哄而上，众人来了就一哄而散。这让我想起"跛脚先生"来，上次重伤后它鲜有露面，《河底海怪》中言"跛脚先生受口水鸡一脚，内脏受损，恐命不久矣"，听闻此言，不免让人担忧。郑直住在顶楼，那层只住了他一户。在我们到来前，他就独来独往，以至于流言甚嚣尘上。后来我们上天台吃火锅，路过他家见门一尘不染，不像我们，门上积了厚重的灰。每次开门都像考古挖掘现场，被人戏称进了门就是"历史人物"，不进门就是"风尘男子"。

敲了好半天门，郑直抱着"跛脚先生"姗姗来迟。他先惊讶，然后一脸平静地邀我进去。数九寒冬，他却丝毫不怕冷，裸着干瘪的上半身，爬在白墙上涂涂画画。窗户半启，旷野上凛冽的风灌进来，掀得红布窗帘簌簌直飞。客厅里只摆了台洗衣机，除此之外一片清寒。我只好席地而坐，好像待在冰凉的河底。郑直俯身在描摹墙上的光影，这束忽明忽暗的光源来自那台滚筒洗衣机，里面翻滚的是孤零零的手电。光影重叠，隐隐约约，仿佛墙面淌了片海。我从未想过此种捕捉光迹之法，像是星星坠落，撞碎在冰面上，裂了一地发光的碎片。这一切都需要人重拾。

郑直画完后穿上衣服，抱着"跛脚先生"坐在洗衣机前，问我何事。我说来看看先生。此刻先生浑身发颤，半眯着眼，软塌塌地挂在郑直手臂上。它偶尔发出几声哽咽的低吼，像垂垂老矣的私塾先生临终掉几句书袋，哀婉又磨人。我心一凛，之前的兴奋与期待都荡然无存。

"乌江自刎听过吧？"郑直平白无故这么问我。

　　我点点头。墙上的海顷刻间掀起骇浪，一只小舟裹着涛声漂过来，是乌江亭长的船。岸上厮杀喋血，尸横遍野，染红了半边江海。项羽横刀立马，身后是似散未散的汉军。

　　"可惜了乌骓！别人都说踏雪乌骓，马蹄如白雪，如今却裹了脚泥。"乌骓鬃毛飞扬，通体油光，亮如黑缎。当年项羽曾驾驭它穿林过山，日行千里。四海之内，再无一人能驯服。

　　"霸王，上船吧！江东虽小，亦可东山再起！"亭长的船在血水中犁开一道清朗的归途。

　　项羽充耳不闻，说道："牵马过江，烈马不必尽忠！"霎时乌骓大惊，一跃而起，挣脱束缚，马鸣如悲歌，惊起群鸟纷飞。项羽放声大笑，抚之而叹道："烈马不过江，也绝不能死于凡夫俗子的刀下。"他提起刀，乌江的傍晚江水清寒，月色朗然。

　　"啪"的一声，洗衣机骤停，闪烁起红色信号灯。项羽、乌骓和小舟，都破碎在那个转瞬即逝的幻想里。郑直骑在先生的肚子上，双手扼住它的咽喉，任其在哽咽与厮磨中挣扎。先生的爪子挠破了他的小臂，他稍有迟疑，却又顷刻间倾泻了所有的蛮力。我被突如其来的杀戮惊吓，他却转过头来对我说："烈马不过江，最大的仁慈就是了结它的痛苦。"项羽提刀刺穿了乌骓的脊背，乌骓应声倒地，悲鸣不复。乌江的潮，吞吐着乌骓的血。在那个极短的片刻里，先生也没了声响，一动不动躺在冰凉的河底。

可郑直和我都清楚，两千多年前的乌江，乌骓并非为项羽所杀，它被拽上了小舟，游至江心，目睹项羽自刎后，长嘶数声，纵身一跃，跳进了千年后这个忽明忽暗的河底，演绎了人马相依的悲情。郑直也想了结先生的痛苦，他的脸上一片血色，像泛红的乌江。我清晰地看见，在一闪一灭的红光里，豆大的泪珠从他的眼角滑落。

十四

颜然说，林积极就像一颗躺在亚热带季风气候里，被划破的温泉蛋。这很可能是说，我的脑袋里思绪如潮，记忆涌动，被现实划开一道口子后，如血般汩汩直流。但颜然的意思是，想念是场热忱的煎熬，我这颗蛋下了锅，但还远未把我煎得焦黄熟透。

颜然说，她在一间潮湿的洞穴里醒来，裹身的毯子上沾满了水珠，丝丝凉意沁入肌里，盖着很不好受。身旁的篝火遇冷熄灭，到天亮时像历史遗址一样冰冷。后半夜的雪很大，她不止一次醒来，黎明时分风雪小下去，直到她彻底清醒，天地间万籁俱寂，雪山连绵，山野里刮着青灰色的风，带着温带气候的诗意与湿冷。这时候，山里的一切都大白于天下，这就是说，你所想何事，都为世界知晓，你所做何事，都有现实意义。

颜然说，前半夜月光很亮，她什么也没想。后半夜风雪交加时，她从一个梦境醒来，在流向下一个梦境的间隙里，想起我像个温泉蛋的模样。她说有一次吵完架，我的肚子气鼓鼓的，胀得像个涌动的蛋黄，那时候她就有这样的比方。后来她很想剖开看看里面是否真有某种关联，由失落的心脏产生浑浊之气，涌向盘根错节的肠胃。

颜然说，那时候篝火烧得很旺，洞穴里金黄一片。她看见郁言仰面朝天，完全舒展开身子，这个姿势的意思是说拥抱苍天，歌颂宇宙。就是这样，让颜然想起我像温泉蛋的样子。后来郁言侧身，向火而眠，这就是说拥抱自己。郁言始终睡得很熟，对天地间猛烈的风雪一无所知，模糊不清的梦话一次次穿过她的牙关，仿佛咒语一般迷人。

颜然说，傍晚时分，她看见郁言在用石杵在石臼里捣豆沫，这个女孩成天做这个，好像在捣自己的灵魂。郁言是班里的小画家，但她的画里只有傍晚，没有朝霞。于是颜然说要带她去山顶看日出。关于山里的一切，郁言都极为熟悉。她曾经跑上山，独自生活了一阵，就因为她妈说做豆沫汤是上天的旨意，还说要丝毫不差地遵从。她妈是个神婆，据说是方圆百里唯一能通灵的人，也就是说能通晓天意。后来郁言她爸骑着摩托满山地找她，她爸极为喜欢骑这种玩意，很可能是把自己当中世纪的骑士了。如果照此逻辑想下去，活在黑暗中世纪的郁言，真就需要一场类似文艺复兴的运动来自我解放，而她运动的全部内容，就是不顾一切地往山上跑。

颜然说，运动失败很可能是一种宿命的隐喻。上个月她把郁言带回学校时，脾性暴戾的骑士就杀到学校，说要找颜然的麻烦。校长问颜然是谁，这人不存在。这样掩护以后才平息此事。天色向晚，她看着骑士带着郁言乘胜而归，叫嚣着狠踩油门，欲绝尘而去。校门口有道坎，骑士车骑得很稳，越坎时却连人带车一起翻倒，半天没爬起来。那时她想，你看看吧，车头把不稳，翻车摔得狠。

颜然说，晨曦初露时，她们出洞后继续往山顶爬。山上布满雪，看不清路，这就是说在极亮时摸黑走路。但郁言却说没有路时，反而哪里都是路。这话很有道理，不像是十三四岁孩子讲的话。郁言天生患有眼疾，极有可能致盲，用神婆的话说就是天意，人力不可救。颜然曾经见过神婆，有次郁言领着她爬上一棵枣树，偷看神婆施法。施法的全部内容就是正襟危坐，对着一口盆念念有词，甚至探头进去放声歌唱。后来郁言说那是她用过的脚盆，她偷偷拿它洗脚时丝毫没料到还有通话功能，否则必捷足先登，与神同乐。

颜然说，神婆用脚盆通话后告诉郁言，神的旨意就是要她做豆沫汤。只有熟能生巧，将来眼瞎时才有一技之长，不至于饿死。这话有些道理，因为它足够理智，就像山路多弯，骑士必须学会拐弯一样，此谓"严肃的骑士精神"，即全力冲刺，也会拐弯。可郁言不会。前半夜洞穴里一片光亮时，郁言睡得正熟，颜然望着壁画出了神。复兴运动时，郁言在这洞穴里待过一阵，在墙壁上画了许多画。这些画颇具想象力，很不像这个循规蹈矩的世界。郁言很有绘画天赋，这也正是颜然坚持要带她回学校的原因。说起来郁言始终想做个盲人画家，这就是说她不信天命。此谓"乐观的骑士精神"，即全力冲刺，赌我摔不死。

除夕夜，颜然打算带着郁言去镇上的集市卖画，很可能一张也卖不出去，但既然要挑战宿命，人总要直面挫败感。而我对颜然说，与此同时，我却要被迫卷入一场内战，事情是这样的：

林化学迫切地要接我去酒店，参加一年一度的"百鸟朝凤"，即庞大的家族年夜饭。这一顿饭铺得最开，上上下下的人都要赶过来，从林一到林二百四十九。这是林家的计数法，很显然是林一提议的，按照出生顺序依次排开。排到林化学时正好是一百，林家又指望他一飞冲天，由此得名"百林鸟"。换句话说林子里恰好一百只鸟，这也就是说林家大了什么鸟都有。现在林家生到二百四十九了，第二百五十只鸟迟迟不出来，这急坏了老鸟们，一年到头就对着我们这一代鸟"二百五二百五"的呼唤，感人肺腑，悦耳动听。

　　我和林化学赶到酒店时，是林九十九和他儿子迎接的我们。林九十九是林化学的一生之敌，诞生之日就被拿来比较。据说两人出生时间就相差一分钟，用林化学的话来说，这是足以载入林家历史的一分钟。这是一种荣耀，死后还可以带进坟墓里，未来在那个后现代主义风格的墓志铭里，可以这样写道：百林鸟，化学课代表，化粪池终结者，多活了一分钟的化肥厂厂长。

　　"我说是谁呢，是林一九九他爸啊。"林九十九的鸟叫声犀利。

　　我就是林一百九十九。对于这件事，林化学始终耿耿于怀。据说我出生时耐力不足，右脚操之过急先撞了线，率先诞生。就是这一脚的草率，反倒让林九十九的儿子成了"二百林鸟"。这就是说子承父志，大仇得报终于扯平。

　　"是九十九啊。"林化学回头对我说，"叫九十九伯。"

　　虚虚实实，玩的就是避重就轻。

　　"二百林鸟，你也很久没见一九九了吧。"林九十九对他儿子说。

　　我实在没搞清，两只鸟打招呼，竟然打出了百鸟争鸣的感觉。明明是狭路相逢，直接对话，非要穿插迂回，一箭双雕。这也难怪，林化学和林九十九争了一辈子，从学历到工作，从发量到酒量，就连生儿子都要争个先后，对摆在台面上的称呼自然也要明争暗斗。

　　我对这些争斗向来不感兴趣，但林化学反复给我强调，说要在酒桌上给他长脸，为此往后什么事都好说。长脸的意思是说明面上和和气气，私底下要撕破脸，死皮赖脸，为的是长一口气。林化学说，驰骋酒桌兵法有四计：一计，以逸待劳，指的是喝酒前要充分休息，不打疲劳战；二计，远交近攻，这就是说在酒桌上要软硬兼施，对坐得远的意思意思，集中火力猛攻比邻而坐的九十九军；三计，瞒天过海，说的是要花样赖酒，看着像擦嘴打喷嚏，实则把酒吐纸巾上；四计，趁火打劫。这个策略是说趁他病要他命，趁他醉要他跪。你看吧，喝酒若讲兵法，胜过千军万马。酒里挑灯看剑，鬼话可连篇，号角一响，风流倜傥。人类的智慧啊，一半在酒里，一半在嘴里。这样看来，悠悠千年的文明史，出不了一张酒桌。

　　下了车，短兵相接，这就交战了。林化学和林九十九表面和气得一塌糊涂，谁都要走在后头。这就是说礼节到位，让对方先走一步，谁先走谁吃亏，后走之人赢了面子。两人在酒店门口堵着半天，扒着门谁也拉不动。没想到一开战就是白热化，最后在众人不懈的努力下，连人带门都给拽下来了。酒店也没想到，一顿饭还没开始吃就门户大开。一个化肥厂厂长，一个中学的校办主任，光天化日有礼有节，令人动容。后来喝酒时两人展示出专业素养，反复劝对方，一个用化肥市场形势晓之以理，一个用教育既定方针动之以情，劝了半天菜都凉了，还没喝上一口。

林化学说："九十九啊，今年化肥市场蓬勃，这酒你得喝吧。"

林九十九说："林一九九他爸啊，今年教育政策落地，这酒你不喝说不过去吧。"

我在一旁听了半天，愣是不知所云。但思来这样的逻辑便是"让"，毫无节制地让，毫无逻辑地让，这就是说后发制人，谦让让出了面子。唯一不能让的就是买单，林化学这一代鸟数众多，抢着买单的不少，这时候就不能一团和气，要撕破脸皮，荷枪实弹地武斗。可惜武斗得太厉害，一群人扒着前台乱作一团，一时分不出胜负。后来在众人不懈的努力下，连人带着收银台都给拽下来了。酒店还是没想到，一顿饭吃完就倒台了。后来林化学赔了门钱，林九十九赔了前台钱，酒钱其余人平摊。这样看来，两人一口酒没喝，还贴进去不少，稳赔不赚啊。

林化学和林九九这一仗算是打个平手。再看我的对手二百林鸟，这小子太不像话，居然带女朋友过来，这等于说搞联合作战，进可前后夹击，退可围魏救赵。也就是这一联合，让他成了全家族的焦点，老鸟们"二百五二百五"地关切，意思是说不仅要联合，更要结合，早生贵鸟。我也紧跟呼声，"二百五二百五"地祝福他，意思是说字如其人。他听后颇为感动。你看吧，一词多义，这才叫一箭双雕。

我祝福他时，他的嘴上还沾着蒜皮呢。楼下人声鼎沸，他爸都快把门拽下来了，这小子还不闻不问，坐得稳极了。这就是说坐视不管，坐着看好戏。嘿，你看他神态自若地从兜里掏出蒜，边剥边哼唧。别看这兜不大，能装——定睛一瞧，嘿一兜子的蒜尽收眼底，真能装蒜！

四年前二百林鸟刚考进体制时，还是个初通人性的有志青年。在酒桌上讲起话来时态混乱，一端起酒杯就是将来完成时：将来兄弟我飞黄腾达了；一放下酒杯就是过去完成时：说真的，就冲咱俩这交情。一杯酒喝得我时空跳跃，思维混乱。那时我俩的竞争逻辑还很简单，就是比谁心眼小肚子大，他再乘兴讲点下流笑话，故意噎我。我将此称为"胃部先锋实验"，即在欢声笑语中探索人类胃部容积的最大值。

后来二百林鸟一年一个样，脚蹬一双能戳死人的尖皮鞋，足顶油量堪比张秃子陨石坑的背头，腋下还夹个小皮包，打开是一本希腊神话和几瓣蒜。这会儿他已经不讲下流笑话了，开始讲上流笑话。所谓上流笑话，就是锦上添花的下流笑话。乍一听相当文明，一咂嘴，嘿还是那个味儿。这时候希腊神话没翻两页，蒜就剥完了，门也拽下来了。喝酒吧，这酒杯一拿起来，就是现在进行时，二百林鸟说："此时此刻，题两句吧。"我说一醉方休，只争朝夕。他一笑，摆摆手：不争不争，一家人。我恍然大悟：格局！我欲饮，他又拦住说："少喝，心意已到。"嘿，我一时也难辨真假，这神话读多了，真是文明啦！

这时候竞争逻辑就复杂得多，到底是争是不争，还是不争之争，我才喝半杯，就晃晃悠悠地迷糊起来。宴至一半，长辈开始关心起晚辈来，主要就是我和二百林鸟。我对这种围观式的问答从不感冒，只要有人架起明晃晃的大灯，我就会低头认错，如实招供。往往这时候对面主次分明，分工明确，一两个问，剩下的点评，这里面红脸居多，人情世故赞美几句。也有话里带刺的，语调抑扬顿挫，和唱戏似的。林化学事前叮嘱说好话不能接，听完了要推辞，这才礼貌。这时候他就会唱白脸，阴阳怪气：胡说咧，哪有您家孩子有出息。这话的意思是承上启下，可以审问并赞美下一个了。

这次情况不大一样。林化学陷在互相劝酒的泥潭里出不来，没人来替我收尾。这样一来，审问变得漫漫无期。我就纳闷了，这么长时间居然都没耗尽他们的褒义词，每到一阵升华一下就能结尾的沉默间隙，总有人能推陈出新。到后来居然有人夸我是"有种的男人"，就因为我在化肥公司上班。你听听像话吗。我像是被人掐住了命门一样，无力反驳。这时候就展现了我的劣根性，平时口若悬河，一到关键场合就演哑剧。就

148

在快沉默到冰河时代时，我尾部吃紧，忽然泄气，有人突然点评到：你听，这孩子气沉丹田，气势磅礴，这种子要开花啊！

我无比尴尬时，二百林鸟还要讲上流笑话。他说林一九九就是敬业，吃年夜饭呢还想着生产化肥。你听听这多可笑，搞得我很想把他做成化肥。再看这家伙以一敌众，面不改色侃侃而谈。我仔细观察了下，主要是阅读理解，比方说自己为什么要吃蒜，他就说吃的不是蒜，是为人民服务的理想。蒜入口强身健体，拍扁了初心不改，要做蒜一样的人。后来他看见我在吃香菜，又说香菜只适合出锅装饰，蒜却能下油锅炒出底味。这话有点儿意思。想来这小子玩虚的，人前装蒜，人后也装蒜。一个词两套玩法，嘿，这他么真是阅读理解。

饭后蒜吃完了，也不装了，二百林鸟拿书擦擦手，再装进小皮包里，这就要乘兴而归。收银台都打成一片了，他要在紊乱之中表演沉稳，就要划开人群，从里面踱步而出。正面沉如水，眼神坚毅呢，突然就被伸出的几只胳膊勒住脖子，硬是拖进了混乱里。混乱如刀，削蒜如泥，是为蒜泥。我正准备把蒜泥挖出来呢，结果发力过猛，他飞了出来，这下蒜泥洒了一地。我想去捞，结果抓了一手的头油。这手油啊，锃光瓦亮的，炒蒜正合适。再看二百林鸟，皮鞋掉了一只，头发也放飞了，慌不择路地就往外边跑。这人呐，乍一看相当文明，一咂嘴，嘿还是那个味儿！

十五

我跟着我妈去烧纸。祖宗的坟就在发电厂脚下，原先那里是自建房，拆迁后无人过问，至今是荒原一片。荒原上一望无际，远远就看见立着的三根烟囱，喷着白烟，像是上了三炷香。我磕完头，就寻了个墙根尿尿。在那里，我遇到了胡二。胡二是我外婆邻居家的小孩，小时候他把我推进过河里，要不是我命硬，现在他就该给我烧纸。胡二手插口袋撒尿，背驼得像只基围虾，见我就递来一支烟。荒原上风大，这瘦猴从小就怕冷，我记得上一次见他，他还脱了裤子对我说生殖器也会热胀冷缩。当时那玩意儿冻得没形，缩得厉害，像个小炮台。后来不久我就搬去市里上中学，读了许多名著，可热胀冷缩这话却一直忘不掉。

"林山是吧？"他喷出一口烟，"多少年没见，在哪混呢？"

"胡二，我是林积极。"

"哦！我记得你！"他抖完尿就拍拍我，"那会儿你爸老偷我家的狗。"

这事儿我没印象。我拉上裤子，他硬要和我握手。他的手还湿漉漉的，后来我只好拍他的背擦擦手。去市里上学后，我也回来过几次，断断续续听过胡二的事。

胡二他爸在镇子上收泔水，脾气古怪，有时候就故意在路上打翻泔水桶，乌七八糟的东西洒了一地，故意恶心人，所以大家都喊他"胡疯子"。小时候我见过胡疯子打人，他把胡二捆得像头猪，吊在晾衣服的麻绳上用皮带抽，胡二愣是不吱一声。有一鞭子抽在头顶，划拉出一道血印。那个凛冽的下午，是我第一次见他鬼嚎。刚刚胡二低头抖尿时，我见那道秃痕犹在。如今他留着光头，对头顶的伤疤丝毫不避讳。他见我瞄了一眼，就说："甭问！那收泔水的爱！"

胡疯子死后，胡二把他埋在发电厂转角的墙根下，那地儿隐蔽，时常有烧纸的人来撒尿。我尿完才知道那是胡疯子的坟，羞愧万分。他却说："尿得好！黄河之水天上来，让我爹躺在地下也尝尝人间滋味！"可事实上，胡二对他爸爱恨交织。当初胡疯子被人打死时，胡二拿着刀满处寻仇家，被人揪到派出所后哭得死去活来。这件事人尽皆知，当时围观者都喊他"胡小疯子"。关于胡二的疯，从小就有显现。

胡二打小就身形狭长，要高出同龄孩子一个头。但骨瘦如柴，身上没挂几块肉，看着干瘪脱水，活脱脱一副人体骨骼标本。尤其那双纤细的手，像钳子一般抓住他的小炮台，后来又来抓我的。当时大人们都说胡二和他妈一样，得了种怪病。他听了这话就不乐意，拿石子砸对方的门，"叮叮咚咚"的响。可谁又会跟小屁孩计较呢，大人们都是嬉笑着任由他胡闹。胡二气急败坏，就尿别人脚上。这时他妈就会赶来道歉，这女人一向深居简出，说话细声慢语。鞠躬时拽着胡蹦乱跳，冲人挤眉弄眼的胡二，把头埋得很深。往往这时再喋喋不休的婆娘也会识趣地住嘴。胡二他妈读书颇多，早几年在镇上的小学教书，后来因病辞职，但大家依然叫她"白老师"。白老师有时教教书法，我也受教过。对于此事，我至今仍有一番记忆。

童年的某个夏天，我在胡家待过一阵，见过白老师。这女人长得清秀，个头很高，耳大如扇，双手过膝，完全符合史书里对刘备的描述。我一度以为此人有帝王之相，要成为第二个武则天。但此事绝无可能发生。她整日在家中读书，偶尔也外出务农。那个夏季，我在胡家的田里帮衬过几次。当时白老师戴着草帽，杵着像根电线杆。她始终行动吃力，下腰半蹲都很僵硬，因而我称她"稻草人"。她丝毫不生气,一会儿胸闷时,就在一旁的枣树下乘凉。那个时节,天干物燥,胡二喜欢爬树摘枣,动静很大,我们坐在树下看,身上便会落一层细碎的尘土。盛夏的枣还很青涩,我不大喜欢吃。但碍于情面,也只好囫囵个吞枣。白老师爱吃枣,细细咀嚼时,嘴里会发出清脆的破裂声,直到吐出一颗娇小的核儿,任由它掉落,钻进尘土里裹上土渍,爬满了蚂蚁。她喊胡二下树后,就在尘土和燥热里,给我们讲童话故事。在那些由她编造,富有隐喻性的故事里,死亡和别离是永恒的主题。我仍记得她讲过"一堆碎纸"的故事。当时她说,人类就像一堆碎纸,诞生时从高处抛落,每个人都要划出不同的轨迹。没有两张碎纸不可分割,也没有哪张碎纸会永远飞舞。我们听得一知半解,任由树上的风铃当当作响。当时我们绝想不到,胡二他妈这片纸会很快落地。

白老师的事,后来我也听人讲起过。那个春日的午后,白老师血管破裂,死了在枣树下。关于她的死,算命先生早在上一个冬天就有预言。当时那个白胡子老头念道:

春日游梦去,

魂归枣树下。

听闻此言,胡二他爸砍光了镇上所有的枣树。当时每家庭院里都种了枣树,胡二他爸半夜翻墙进去,挥刀就砍,后来被人发现揪到派出所去,赔了不少钱。折腾了一个冬天,白老师的病情反而越来越重。那个时节，后山上落满了雪。那里有座古庙，荒落至今，周围灌木丛生。雪一落，反倒显得凄凉。我们曾去那儿装神弄鬼，后被禁足，从此再无人迹。那个冬天，有人看见白老师日出上山，脸色惨白地下山晚归。这女人吃不消重活，她常常下了农活就面如死灰，要躺上好几天。因而村里戏言，白老师上山念经，慌不择路，求落难的神。

第二年开了春，神灵未至，白老师死在了医院的病床上。镇上的枣树都未活过冬天，仿佛白胡子老头的话只说对了一半。听人说血管破裂时声音很清脆，这多半是胡扯。但我绝忘不掉那个夏天白老师啃枣时发出的脆声，像是和尚手中敲出的木鱼声，一声魂断，一声皈依，激荡在漫天飘零的白雪之中，奏鸣一曲有关荒山与情怀的挽歌。

几年后，荒山上哗啦啦长满了枣树，众人皆叹。胡二他爸这才意识到，那年冬天他在挥刀砍树时，白老师却瞒着他在荒山上种树。春日游梦去的灵魂，终归于枣树之下。胡二他爸气急攻心，晕倒在枣树林里。打那后，他终日神志不清，原先他在镇上的屠宰场上班，后来就因为这事儿分不清倒挂着的是人是猪。于是被剥夺了屠刀，改行收起泔水。

那天以后，胡二的日子就不好过了。他爸把他当作猪打，头上秃了一块同学们都嘲笑他"胡秃子"，说完他就跟人干起来，下手没轻没重，打伤了好几个，最后学也没上完。辍学后，他就在镇上的钢铁厂里当冶铁工人。那时候杀马特比比皆是，他也留了长发，缠上铁丝，辫成冲天炮的造型，又在锥形的塔尖上喷上骇人的红色，惊煞众人。胡二就顶着这副鬼样，空闲时在学校旁瞎溜达。学校里的人远远就看见高墙外一串红色冒出来，于是吟道："一枝红杏出墙来。"

那几年社会上掀起过一阵倒杀马特风潮，一些愤青见着杀马特就打，导致恶性斗殴事件不少。胡二是杀马特们的头头，扮相浮夸，行事乖张，镇上的年轻人都怵他。要是言多有失干起仗来，他准是不要命地干，仿佛没有明天。胡二下手凶狠，就攻人下路，钳住对方的"小炮台"，叫人动弹不得，他管这叫"拧螺丝"。就因为这招，但凡再有人前来挑衅，必是哈着腰，捂住命门，如同一副尿急之状。

那年冬天，当胡二还在大拧四方时，胡疯子在镇中心的十字路口打翻泔水桶，引发众怒。早些年镇上还保留着当众火化的传统，他们在十足路口架起柴堆，傍晚时分下班路过的人把这里围得水泄不通，像观赏一场街头艺术。当地人相信日暮归乡，逝者的魂魄会长留于此。可后来胡疯子丧心病狂，将生者的糟粕灌溉了死者，这让死者的家属一致决定把他变成糟粕。那天胡疯子裹满阳间的污秽，死在了凡夫俗子的围攻之下。当地人杀猪也是这种杀法，遇到倔强的猪时群起攻之。

来年春节，我回乡后，旁观了胡家的葬礼。葬礼很简单，只请了支乐队。在一片哀号声中，胡二跪着扬起面庞，凝视着那面鼓。曲子鼓声高亢，鼓点密集，像是杀猪时挥舞的刀嵌入骨肉里的生猛碰撞。却又如此理性，有种置身事外般的从容与坦然。那个清寒的冬日午后，胡家的灵堂一片肃杀。谁也不知道那刻胡二在想些什么，我料想对于胡二而言，他迫切地想摆脱对死亡的恐惧，而成为尽情飞舞的碎纸。

胡二打算和我喝完酒再去。胡疯子葬礼后，他加入了葬乐队。酒至正酣，他气势汹汹，要吹唢呐。这是他入行时的生计，可他气力虚浮，后来只好改拉小提琴。可他偏要使我敬佩，猛一使劲吹得胸闷，一张脸煞白，压根儿说不出话。他要是在吹响自个儿死亡的号角的话，准会升调，耗尽气血吹得戏谑又可笑，像溺死自个儿前双腿打水的轻盈欢脱。一会儿他补充说："就是这意思，叫视死如归！"

关于死这回事，我始终不敢多嘴。老人说得了这种怪病活不过三十岁，白老师死时不过二十八。死亡如同诅咒般缠绕着胡二。白老师生前始终在铺垫这种宿命感，她教我们书法时说："生"的落笔和"死"的起笔都是横，但意有不

同。人生来多艰，直至最后一笔方知"生"的意义。而死是
必然，起笔就是归途。那时候胡二笔顺有误，"死"的一横
往往最后才盖上去。白老师手把手教，说道："横决定了字
的高度，就像死亡是人生的归宿，老早就注定。"话虽如此，
但她总是口是心非。那年夏天，门口的风铃在风中摇曳，当
当作响。到饭点时，白老师就喊"胡二！胡二！"在风铃声
中，听着真像是一声声明朗的"活"。

"这事儿你还记得。"胡二将小提琴和唢呐塞进包里，
有几个小孩觉得新奇，摸着隆起的部分。"我妈有时就是装
糊涂，但我爸是真糊涂，他到死都想不明白，枣树是砍不
完的。"

"那是他讲究。"我安慰他，"要是没这一刀，他这一辈
子也不完整。"

他无话可说，背起包就要往阴阳交界走。这是个简陋的
塑料大棚，露天的厨房里有人在杀鸡宰鱼，血溅了一地，旁
边码好了要推入油锅的动物尸体，有几个小孩在行注目礼。
胡二歪着头，架起小提琴。大棚的塑料布在风中簌簌地飞，
白肉下了锅滋滋作响，升腾起白烟。在一片歌舞升平和觥筹
交错间，他将自己埋葬在欢脱的小提琴声中，鸣奏一曲艳丽
的情歌。当地人在喜葬上爱听明媚的乐曲，让人欲罢不能，
激荡在男女间隐晦的性欲之中。

黑夜，阳春白雪，丧钟已鸣。清冷的风从另一个世界吹来。在那里，失落的影子受热，被酿成了陈年的苦酒。石阶承载不了孤独，裂开了归期未定的缝。断线的风铃在风中失了控，一片喁唶，鸣白了斑驳颓败的墙壁。成片的枣树沉入海底，那曾属于他的乌托邦，就此消融在瓦黄瓦黄的夕阳里。

有关那天，我尚有些记忆。胡二摘下了树顶的大枣，拳头大小，一口吃下，嘴巴圆鼓鼓。白老师卷起裤腿，回地里干活。我仰头看，枣树翠绿，青枣从枝丫上垂下来，好像要落到地上，敲出一曲明媚的歌。

十六

口水鸡说要追杀我，并且下了江湖通缉令。通缉的范围是在人类文明之内，但不包括史书和煤场。这很好理解，进史书说明我死了，进煤场说明我是废物，只能焚之以烧火。如此一来，这张通缉令至少说明抓捕对象还是个活蹦乱跳的有用之人。

年后我从家里回来，看见楼下大门上歪歪扭扭贴着一纸通告。上面画有人物肖像，文字上说要通缉此人。我仔细端详了半天，此人额宽如海，毛发甚稀，贼眉鼠眼，尖嘴猴腮，还没有耳朵。如果放在十九世纪末，准有几个画派跳出来解释，浪漫主义说这是人猴不分的极致浪漫。抽象派反驳道：耳朵跟着浪漫一起坏死啦。糊涂，这是抽象！最后自然主义悠哉游哉站出来说："别争啦，这叫回归自然，斯人如画。就有这么丑！"

我拿回去给他们看，李苟说这个生物像是猴鼠杂交，问我何时画的自画像。我指给他看，发布人姓名单一个"鸡"字，落笔处纸张褶皱，像是用水湿过，这就是说口水鸡所画。口水鸡之前因为抢锅事件跟我们有矛盾，当时也是我跳出来说要单挑的，所以这幅画指向的嫌疑人不言而喻。按理说一提口水鸡，俞熠应该旱地拔葱，准备热身的，可这小子一反常态，居然不表态。这副高高挂起的模样，倒是很适合搁进何平的博物馆里去，在墙上和带鱼齐头并挂。李苟说俞熠过了年成熟了。如果劈开来，里面应该是老练的肠子和前列腺。这就是说有内涵了。

后来口水鸡带着人上门找我麻烦时，俞熠又突然从墙上跳下来，说先谈谈。我总觉得他说话怪怪的，平时嘴巴里好像含着一堆麻将，噼里啪啦洗牌码牌，口齿不清地说个不停。这时候倒颇有气势，字正腔圆又思维缜密，像理直气壮地听牌，搞不好还能自摸。可气势过了头就像是装的了，这小子铆足了劲往外蹦字儿，就像是肠子和前列腺都肿胀得一塌糊涂，随时要发射。我又隐约听见他嚼书的声音，估计一嘴的麻将里还掺着一本斯坦尼斯拉夫斯基的表演学专著。

口水鸡说我偷了他家祖传的锅。俞熠说有证据吗，被你当场拿住了吗，岂容你乱栽赃。口水鸡口出妄言，说什么相由心生，一看我就不是好人，这就是证据。我一听来了个旱地拔葱，起身就要告诉他什么叫怒从心起。俞熠拉住我说少安毋躁，又把我插回地里。这就是说先礼后兵，听他打牌。

俞熠说林积极人是长得丑了点，尖嘴猴腮，贼眉鼠眼的，额头宽得能跑马拉松，头发稀得连最写实的山水画家也要唯心一把，主观写意。要是历史上的隐士住在这荒凉的山头上，那就是告诉全世界他们隐居于此。要是他们推门而望，必感怀世事多艰人生几何。这样一来，山水诗就要凋零一大半，新的诗种就会兴起，叫"秃头诗"，这全是林积极的功劳。不过话说回来，人还是善良的，这和长相无关。

你听吧，生动形象，想象诡谲，一嘴的好牌七零八落，坏得一塌糊涂。俞熠大可解释说前面都是铺垫，最后才是升华。也可以说先抑后扬，抑得过了头，以退为进，退得扯了胯。倒不如说这先礼后兵，是揠苗助长，后发制人。

说制人就制人，我也不多废话，冲着口水鸡的面庞就是一拳，正砸在他的左眼上。这一拳下去和开关似的，灯立刻就灭了，房间里一片漆黑。看来头能发电，拳头能断电，我还没乐出声，就被人拉进人堆里。这里面错综复杂，肢体纠缠在一块如同电线，就像制造发电机似的。混乱中有人掏我的肾，这种手法很坏，比掏人鸟窝还要罪大恶极。我的肾被掏得感觉有些浮肿，好像要从腰间坠下来，耷拉在屁股上。

为了不让我一人难看，于是我也伸手掏别人的肾，再狠掐一把，好像要掐出坏水来，甚爽。这下形成一条疼痛链，从上游往下游用功，物理学上叫无用功。一时间屋子里惨叫声连连。后来一开灯，每个人的腰上都赤红一片。尤其是口水鸡，肾都快垂到脚后跟了。

"糊涂！副导演！"口水鸡扶着腰，"讲戏！"

俞熠腾空而起，把我拉到一边解释说这是在演戏，你看把鸡导演打的，左眼红肿，双肾突出。俞熠摆出一副训人的架势，问我像话吗。我一头懵，这才发现人群后头还真有摄像机，黑洞洞的镜头，跟大炮似的。我问那怎么演。

"自然，自然懂吗？"俞熠一副学究口气，看来表演学著作没白嚼，"收敛一点，点到为止。"

受益良多，我顿时信心倍增。重新落位，一声令下，我快速出拳，一击必中。这下鸡导演右眼红肿，看起来自然多了。

"很好！副导演！"这下口水鸡口是心非了，"再讲！"

俞熠又要对我讲自然。我说自然就是一如既往地打口水鸡，越重越自然，不打反而显得做作。他觉得有理，不太好反驳，这时候实际与理论不符，嚼表演学专著味同嚼蜡。于是他只好抛开理论，光谈实际，说我接下来的一拳往小了说，事关他的面子，往大了说事关他的爱情。可见我的拳头属性拉满，事关重大。事情是这样的：

前几天口水鸡来找他说要拍部戏，按理说这种打着拍戏的幌子搞小偷小摸的行为很好辨认，这就是说镜头之下偷锅合理化。但架不住冷热感兴趣，非要当回演员。鸡导演也很爽快，剧本说改就改：雌雄大盗黑夜偷锅，留下证据指向林某人，正义化身鸡大侠上门索锅，小打小闹原来是场误会。要问黑锅去往何地，且看演绎一出好戏。

可问题出就出在这个林某人身上。鸡导和俞副导偏偏就挑中了不讲道理的林某人。俞熠不事前告诉我们，就是想看我和李苟的临场反应，拍出真实感。李苟一如既往地要商量协调，我却出乎意料的像个暴匪，这反倒显得我极不自然。这时候最没面子的是俞熠，因为是他信誓旦旦地和鸡导演保证，林某人这人很识时务，不会鲁莽动手。要是我接下来再不识时务地冲着鸡导演挥拳，俞熠很可能要无戏可拍，咬牙切齿对着我嚼武学专著。

再次落座，只看见鸡导演怒气未消。我和李苟知道怎么也要卖个面子，这就等于坐实了他有资格颐指气使的身份。我可能是打坏了他的眼睛，明明应该臭骂我一通，他反倒对着一旁的俞熠说什么果然相由心生，暴匪作风。俞熠不知道对方是不是在指桑骂槐，也不敢轻举妄动，就由着他骂。

这时候亮明底牌后再拍戏就变了味了，全知全觉的境界

163

出的都是烂戏，我极不安分地偷瞄着黑洞洞的镜头，嘴里跟含着铅块似的，说话感觉往下坠。肢体又僵又硬，要是放在十九世纪末，准有几个画派跳出来描摹此番情景，浪漫主义把我画成一只刀枪不入的猴子，抽象派把我抽象成说话温吞的棒槌，倒是自然主义最是形似，边临摹边赞叹道：斯人如画，就有这么硬！

这次我装腔作势地挥舞拳头，没打到鸡导演，被俞熠夸赞为"自然"。不过灯光出了问题，不受人为控制地一闪一灭，好像在阴阳两界跨越。由此看来灯不够自然，需要聆听俞熠的教诲。后来我发现刚刚的两拳不仅打坏了鸡导演的眼睛，还打坏了方向感。他对着李荀一通臭骂，说他是电影界的冥灯，连灯都管不好，还说什么你看灯都比你积极之类的话。看灯的人一脸茫然地站在李荀对面，压根不出声。李荀不知道鸡导演是不是在声东击西，扭过头看着墙，由着他数落。

"锅呢？"李荀突然问。我们这才发现，俞熠挂在墙上的香锅不见了，就留了一圈锅灰印。

闹了半天，一出好戏没拍好，戏倒是挺多。锅丢了，这等于说鸡导演的靠山丢了。俞熠顿时如旱地拔葱，上去就要让口水鸡的脸上更"自然"一点。锅去哪了谁也不知道，刚刚打闹间一片混乱，压根没人留意锅为何人所偷。这时俞熠如梦方醒，一口咬定口水鸡就是明修栈道暗度陈仓，打着幌子干肮脏勾当。口水鸡辩解不清，两人就在人群里互相拉扯。突然俞熠从厕所里抽出一黑锅来，这是前戏里雌雄大盗偷来的祖传宝锅，好家伙藏厕所里了。我正琢磨剧情呢，他不由旁人分说，举着就要捶口水鸡的头。其他人也不知道俞熠会不会一锅双雕，跟着就四下逃散。我再一琢磨，顿时醒悟过来：这才叫自然，这才是一出好戏啊！

口水鸡见人跑得飞快，掉头就去了文明广场。我也追着去，外面下着小雪，天地间一片寂静。一群人落荒而逃，我正看得出神呢，南边轰隆隆似响起烟花声。我心头一凛，胃里诞生一种撕裂感，自下而上，口腔里一片苦涩。这不是吐个痰用脚尖碾匀就能了事的。我道不明，一时沉闷。

忽然间我记起拍打戏的慌乱里好像看见了乌龙茶。乌龙茶住在我们楼下，与我们来往很少。据说他极喜欢喝乌龙茶，不喝就会升天，所以大家都这么称呼他。我后来才知道，乌龙茶与口水鸡并称文明广场居民楼两大美食，组合在一起就是"乌鸡套餐"或者"奢华生津小食组"。

与性格张扬的口水鸡不同，乌龙茶寡言少语，深居简出，整天闭门造车，搞些奇怪发明。唯一一次和我们有来往就是向李荀借药膏。据说他想发明全方位防蚊服，前无古人地想到拿透气鞋垫来做。防蚊效果是达到了，可鞋垫不透气，一晚上捂了一身的痱子，浑身赤红的来向苦皮肤久矣的李专家讨个活路。不过后来听说他把鞋厂告了，说什么假冒伪劣，欺骗发明家。因此还狠狠赚了一大笔赔偿费，从此坐吃等死，一直吃到今天。这样看来也算是搞发明赚到的第一桶金。

我去找乌龙茶，香锅果然在他这。这个聪明蛋也不知道从哪淘来一堆破铜烂铁，想废物利用自建一艘航天飞船。香锅也在其中，主要作用是垫在飞船脚下，这样左右方能平衡。外面一群人生死未卜，他倒在这里大材小用。我仔细打量了下，该飞船右脚肿胀明显，全身呈不规则梯形，要是算面积的话，两条辅助线都不够。这样想来，计算面积反倒比制造飞船困难得多。我之所以敢肯定该物体是航天飞船，就因为船体上四个大字赫然而彰，解释说明。要是换成洋文，我很可能就要质疑一番。

乌龙茶说，他很光明坦率地去拿，居然没人发现他。这就是说人在戏中不知戏外。我说香锅我要带回去，飞船左倾，向左上方发射也是发射，并无二样。他说不行，力的角度要严谨，发力合适，他管这叫力学浪漫。按他的说法，正着射，发力过猛，这叫力学浪费；歪着射，发力合适，叫力学浪游；歪着射，发力过猛，叫力学浪荡。如此一来，倘若我抽走锅，就是说我在飞船浪荡前已经行为浪荡了。

　　我只好打电话给俞熠，把祖传宝锅要过来，可这家伙正杀得兴起，充耳不闻。我又只能把看戏的闲杂人员李苟骗过来抬着飞船，人工发射，这等于说人力浪漫一把。我拿着锅回去时整间屋子里乱糟糟的，刚刚不知哪位尊重艺术的摄像师逃命时，把摄像机落这了。我好奇地扛着四处乱拍，这时一抹鲜红步履蹒跚地从镜头外晃进来。我一看居然是穿着红裙子的郑直，这家伙喝了不少酒，神魂颠倒的，衣服都穿错了。我放下摄像机就上去扶他，结果没站稳，和他一起撞在墙上。外面依然烟火阵阵，初五回来的这一夜，到处都乱得人心烦。

　　我诧异至极，心里又憋着一股怒火，要是俞熠在侧，我肯定人力浪漫一下出出气。但面对郑直尚有怜悯之心，我只好强压怒火，即便这样可能虚火内盛，大便干燥。郑直男扮女装，说想给我演虞姬，还让我演项羽与他共舞。我哪有这份闲心，正哭笑不得之际，他又不知道从哪抽出两条银光闪烁的带鱼，乱舞起来。这带鱼坚硬无比，削铁如泥，很可能是何平博物馆里的那一对。我惊恐有性命之忧，倒羡慕起做苦力的李苟来。没想到我刚刚从航天事业前线归来，就有人急着要送我上天。

　　郑直的舞姿实在难看，还一股鱼腥味。要是千年前垓下的虞姬也是挥着两条带鱼作别项羽，那还真是无路可退，四面楚歌不说，内部也沦陷了，这时候该自刎的就是项羽了。鱼腥味飘到帐外，将士们闻之落泪："好一股英雄味！"帐内的项羽则仰天长叹："鱼兮鱼兮奈若何！"

"霸王。"我一个恍惚，这假虞姬已经把带鱼递到我跟前了，"舞一曲吧。"

乱了，天下大乱了。我也是假霸王，真霸王还在广场上举着锅捶人头颅呢。我拉着郑直就要给他送回去，这家伙酒后失智，要是真把自个儿当虞姬，一会儿嚷着要自刎，非闹出人命不可。

可他扒着墙，就是不愿走，还嚷着别管他，让我骑着乌骓突围。我心里百八十个不愿意再陪他演下去，就说乌骓死了。

"死了？"他宁可信自己是虞姬都不信这个谎言，"怎么死的？"

"和你的工厂一起死啦！"

"工厂？"他紧绷的身体松弛下来，一遍遍地重复着。这个戏跳了千年，跳进了那座半明半暗的工厂里。

这就像引起头痛的某种病因，让人头疼欲裂，恨不得以头抢地，撞死在这个词上。我故意这么说，就是想刺激他，把他从全知全觉的幻境里拽出来。

"工厂里好多人都把我当马骑。他们演霸王，我演乌骓。"他边翻飞着红色的裙摆，边笑吟吟地看着我说，"乌骓没死，虞姬变的。"

十几年前，工厂轰隆的大机器声中，那些坏小孩将郑直推倒在地，嬉笑着掀开他的小裙子，蹬鞍上马，薅住他的后脑头发，拍打着他的屁股，在四处飘逸的浓重机油味里，迫切地轮番演绎着霸王突围的英雄故事。十几年后，这场梦未醒，郑直撩开裙摆，撅起屁股，催促着我上马。

我扬手打在他的屁股上，骂道："妈的，还让人骑上瘾了？"

他无动于衷，马鸣了两声，笑着往我身上拱。我火冒三丈，不能自已地再次扬手，狠狠打了一掌，打得非常之重，手心火辣辣的疼，说道："你是人，是男人！"

他不再拱了，弯着腰像是匹力战濒死的马，缓缓瘫坐在地上。一闪一灭的灯火里，我清晰地看见，他笑吟吟的脸庞上，硕大明亮的泪珠滑落下来。

十七

冷热说，生活就像你躺在一辆运柴草的车上，身下都是干柴枯草，一点火星就能燃起烈火。这时候你很想抽烟。

这句台词没有结尾，留了白，原本是要给俞熠说的。影片结尾，雌雄大盗决定离开，临走时远望而叹，留下这么一句。冬末初春，荒野上刮着灰青色的风。冷热说完坐上车，那是俞熠摆摊卖煎饼的电动三轮车，平时就骑不稳，还没出摊一半的菜就洒路上了。这会儿他更是心不稳，一个急坡刹不住，摔得人仰马翻，电影就是这么结束的。

翻车过后，俞熠依然可以得意地爬起来，拍去一身的尘土，把自己描述成优秀的演员。不过是哑剧演员。那晚俞熠追杀了鸡导演一夜，澄清了误会后，鸡导演为人大度，公私分明也不记仇，直接剥夺了俞熠开口说话的权利，硬是要在电影中塑造一个心胸狭隘、做事鲁莽但颇具人形的哑巴大盗。摄像师傅也能心领神会，总是拍俞熠半张脸，这样后期剪辑时就可以名正言顺地全剪掉，废物废弃也就顺理成章了。据说那晚摄像师傅跑慢了，被一锅爆头，半天没爬起来。幸好俞熠没捶到鸡导演，否则极可能出演那辆翻滚的电动三轮车。后来大家一看这样效果很好，雌雄双盗变成了一代女侠，从半张脸的爱情故事上升到了独立女性的奋斗经历，立意深刻，主旨鲜明，一下子拔高了影片质量。这样一来俞熠依然可以说自己是优秀演员，在影片末尾他饰演一名哑口的黑车师傅，在翻车那一刻全脸出镜，表情扭曲，演技自然，得到了全体演职人员的一致认可。

翻车的确是点睛之笔。谁又能想到，在严肃的感慨后还会有顽皮的趔趄呢。就像女侠偷锅是为了行侠仗义，仗剑走天下是正统武侠江湖，端着锅闯四海仿佛就是个剑走偏锋的黑色幽默。江湖之外，还有河海。生与死，侠与义，毁灭与交替下，还有许许多多的不正经与浪漫，这一切都可以被消解。在那辆运满柴草的卡车上，口水鸡想明白了这一切。

所谓严肃的感慨，就是瞻前顾后，权衡利弊后为之妥协。两年前的一晚，口水鸡偷偷爬上一辆卡车，漫无目的地随之而去。他躺在柴草上时很想抽烟，于是就有了影片中的这句台词。其实后面还有两句。后来口水鸡好不容易狠下心，在生死边缘浪漫一把，刚点上烟天上就下起了大雨。他就这样在雨里猛嘬了一口，假装浪漫。所以把这句话说全，应该是这样的：

生活就像你躺在一辆运柴草的车上，身下都是干柴枯草，一点火星就能燃起烈火。这时候你很想抽烟。心一横，刚点上，天降大雨。

所以话没说完的叫电影，一句话堵死的叫现实。可电影里翻车的女侠，翻个身就能和司机师傅一起站起来。那个留白的结尾所指向的并不明朗的时空里，女侠依然除恶扬善，敢爱敢恨，稳住独立女性人设。说到底顽皮的趔趄就是推翻严肃的态度，戏里一次翻车，戏外一场大雨，非要浪漫。猛嘬一口，绝不妥协。到最后看起来像是残酷的电影，又像是浪漫的现实。

后来口水鸡跟着又说，人生就像脚底生癣，奇痒无比。有人由着它痒，忍了一辈子；有人发力过猛，挠出了血，爽是真爽，痛是真痛；还有人轻轻挠之，点到即止，止痒一时，爽了一下。思来人生的意义从来不是痒不痒、爽不爽的问题，而是你怎么对待这癣。

两年前的那晚，口水鸡跟着剧组在山里拍戏。他作为热爱电影的有志青年，被委以重任，负责掌控器材的空间移动，听起来权力极大，具体工作就是搬摄像机，搬上山再搬下来，辛苦一晚上，位移基本为零。这本质上和他的理想类似，几年前热血沸腾，想拍电影，几年后热汗沸腾，想拍电影，一合计位移为零。为了证明有所移，收工后他就跳上一辆出山的柴草车，再也没回去。

尽管我不知道为啥这颗癣非要长在脚底，但口水鸡所言的确甚有道理。就像电影中的女侠，归隐市井后卖起了煎饼，一手的爱恨情仇和掌力都拍在了饼上。时间一到，脚底长癣，痒得直钻心。好在这时候由我们扮演的土流氓们及时出现，给她热热身。首发的流氓李某比较幸运，吃住了女侠的整个掌力。这时鸡导演叫停说不对，要手臂发力，连根拔起。于是他拿李某的脸实物演练了一番，这下冷热参透了，打得更加自然。打完之后，李某的脸红润起来，气色明显好很多，多亏了这三个巴掌印，让他看起来神采奕奕。

要是这两巴掌只是点到为止，止痒一时，那后来偷锅打林某等人就是要挠而破之，血流之时行侠仗义。说到底打打杀杀的江湖无非就是她脚底的一颗癣，若非心向往之，又怎会用力过猛。

电影最后，女侠远望看了最后一眼。这一眼像极了口水鸡那晚冲动的一跳。戏如人生。可他没有说完：直到某天，那些痒了一辈子的人抬起脚对他说："年轻人，这就是人生滋味。"他大可以抬起满是伤疤的脚说："可笑。也痛也爽，这才是人生滋味！"——这才像电影的收尾。

拍完翻车戏的当晚，整个剧组都坐在一块吃饭，针锋相对的两拨人因为一场戏握手言和，把酒言欢。这是历史性的一刻，值得大书特书，写入文明广场居民楼的史书里。记载的人很可能是冷热，因为后半夜整间屋子里横七竖八地躺着酒精中毒的"七八百斤猪肉"和林积极时，她是唯一清醒的。见此情景，她心潮澎湃，文思泉涌，于是挥笔在《河底海怪》中写道：二月七日夜，河床干枯，海怪搁浅，肉质干柴，宜慢火细炖，久而去骚去腥。

后半夜半梦半醒间，就听见急促的烟花声，我从迷糊的梦境里醒来。屋里漆黑一片。我把口水鸡推开，这家伙一头枕在我肚子上，沉重得我在梦里有十月怀胎之感，忧恐甚烈。这家伙前半夜捧个酒杯还在向我传授人生意义，现在又在不停地讲梦话，我仔细一听，居然是乘法口诀表。我把他推开后，他又抱住李荀的腿，边抚摸边说好大的羊腿，吓得李荀登时就醒了。

楼下是俞熠和冷热在放烟花。俞熠一整夜都很兴奋，叫唤得嗓子都哑了，这会儿嗓子眼流沙，还在放哑炮。李荀见状，乘兴便让我作诗。我搜肠刮肚，半天憋出一句"柴门闻犬吠"。

听到这句，李荀就有这样的结论：林诗人，你一半的才思都落在厕所了。

此时月黑风高，就三五颗星星。李苟兴致倍至，于是张口便来：

往宇宙里撒一袋鱼猪饲料，

看看是鱼还是猪，

在天亮前搓一团明亮的肉丸当作月亮，

看看是鱼丸还是猪丸。

妙哉，我赞美道。人类想象力堆了千年，就要手可摘星辰时，又被李苟一脚踩进土里。抬脚一看，一脚的浪漫与诗意都沾着泥。李苟蹭蹭脚说让我也即兴一下。我乐于在厕所题诗，这人尽皆知，很不光彩。我需要向人证明雅俗共怀，否则定被人诟病只是厕所诗人。于是我吟道：

我和宇宙有过一场无稽之谈，

写不具名的七律绝句，

我问：我贩星辰汝意何？

宇宙回：北斗七星落两颗。

李苟问："哪两颗？"

我指着刚从云里爬出来的月亮说："一颗是鱼丸。"又指着他的脑袋说："一颗是猪丸。"

他被我说得冷却下来，我也不再说话。我们像真正的诗人一样沉默下来，趴在水底，看荡漾的天空。

烟火停后，有一阵白雾渐起。后来天上的星暗淡下去，天边泛白，一切都衬成了剪影。李荀说，我们好像兴奋过头了。他的原话是"积极，你嚷着要自由，知道要去哪吗？"

"要是往后倒车，十九世纪有自由主义。"我狡辩道，"向前就说不准，自由即虚无。"

"这么说就是不知道。我也不知道。"他得出结论，"所以说我们忘乎所以了。"

忘乎所以的意思是说兴奋过头，忘记了一切，包括人之存在本身。据我所想，人脑里住着两个小人，一个悲极，一个乐极。悲极要往灵魂里去，悲中生乐是为大乐；乐极要往身体里去，乐而怀悲是为小悲。可我们用一个小人去攻击另一个小人，灵魂里无悲就无乐，身体的快乐也就毫无意义。

我对李荀讲这些，他都颇为赞同。那时，一些悲凉在我的脑子里荡漾开去，我感到头脑发凉，好像要萎缩，直至荡然无存。据说猪脑的重量只有人脑的三分之一，我很担心会缩成猪脑，于是努力热胀，从悲中来，思索良多，想起了许多事。

我想起那天和李荀登山而望，雾气散尽后，看见山谷里堆满了垃圾。学校光想着搞人际关系的和谐问题，人与自然就很不和谐。这垃圾堆得有半山高，顶上插着一只银色的长筒靴，像个后现代主义风格的墓碑。要是能写上碑文，则可以写"良人之靴，理想之墓"。

这很好理解。良人怀才不遇就像穿大码之靴，想一步登天可鞋不合脚。掉下来杵着就像墓碑，坟墓表面上看是垃圾，实则是一滩激情，再深刻地一思索，全是个人与世界生猛碰撞后的悲壮感，拢在一堆，不胜回味。

可以想见，在那座苍凉的山上，在那棵吊死过人的树下，我们目睹这一切后，脑袋里悲极的小人直愣愣地就往灵魂里去了。它从中生出快乐，诞生豪迈与企望，独独让我们记住了山的雄浑一面。可山真的雄浑吗？旱季里山上万物凋敝，烟黑土黄，像秃了皮的土豆。人胸怀豪壮之感时，看什么都有几分气势。这就好比明明现实是一管尿检样本，偏偏被我们记成了一勺黄河水。色泽相同，气味却不对。这只靴子就像美丽回忆里某个裂痕的隐喻，许多年后我在这个清澈可知的夜里，领悟到现实的撕裂，后知后觉明了了生活的另一面。

生活的另一面是什么呢？为了省钱租住在城市文明的边缘，风大时对面煤厂的灰尘暴就刮过来，家里一下子成了考古现场。冬夜楼里时常停电，我们被冻得手脚俱麻。大半夜何平家马桶漏水，俞熠的卧室就成了水帘洞，后来他总能准确猜出何平这两天改善了伙食，都是有据可循的。我与俞熠白天吵嘴，发消息骂他，信号延迟晚上和好时他才收到，把酒言欢言了一半，酒也不喝了又打起来。除了我们，何平怀才不遇，郑直在生活里被人嘲笑，就连最无赖的口水鸡也在跑剧组时被人欺负，有苦说不出，成了"苦痰鸡"。这残酷的一面仿佛才是真正的生活，良人的大码之靴。良人注定要穿着它踩死浪漫理想，溅得满身泥泞。可许多时候我们都头脑发热，在漆黑的夜里思绪飞扬，沉溺在那些个荒诞的梦境里。在那里面巴旦木是剥了壳的人心，撑伞的姑娘会坠入宇宙，而我们要在沸腾的雾里来去自如。这些都让我们相信那管尿检样本就是汹涌的黄河水，滚滚向着自由流去。

"如果自由不在这里，向前的话，自由会不会在世界的尽头？"李荀突然捡起我的话问道。

这让我想起林化学和拉希德张的故事来，他俩炸化粪池那晚，兴奋地还说要跑到世界尽头，结果呢，一个跑到了牌桌上，一个跑到了陨石坑里，本质上都还在施过肥的菜地里，没脱离这个体制。所以世界的尽头是什么？是原地。跑了一圈，位移为零。这等于说验证了地球是圆的，也就是说人一旦接受了某种命运的安排，就不再横向运动，只做纵向伸展。

李荀对此并不赞同，他说如果世界的尽头不是自由的话，那就该是自我，依据是被吊得像鱼干的树先生。树先生被勒着脖子在风中摇曳时，真有种极致的浪漫，像是活在文学和史书里的神话。他在人的世界跑了一圈，跑回来时才发现自己的理想就是物我两忘，成为真正的树。这个理想主义者认清了自我，于是自我毁灭。所以何为自由呢？李苟问我：是迟迟不迈最后一步到自我，一直在追寻自我的路上，还是找到自我后像树先生那样多迈一步，成为自由本身？自由到底是追寻的过程还是结果？

很乱。我的脑子成功膨胀起来，很可能会胀成海豚的脑子，也很可能将来石化后会放在何平的博物馆里供后人参观。其中准有个小兔崽子指着我的脑子说："这家伙就是想自由想疯了，脑子得病啦。"

后来天快亮时俞熠才来，他说冷热睡下了才跑出来。这时天上没什么云，月亮还在。于是我们也让他作诗，他顺着我们的思路说道：

我的脑袋弹丸之地，

却像个星系，

坐着鱼丸和猪丸，

楼下还躺着一颗定心丸。

好诗，我赞美道。我的脑子昏沉发热，就要石化。黎明时分的风很大，我想我们总会离开这里，告别时我们该学着电影里的女侠回头一望，就是那一眼，或许清晰地看见那只靴子，将永远地插在我们的灵魂上。

十八

年后第一天上班，林深给我做了个假设：假设你是张秃子，你会怎么办？这种假设很像一场思想实验，只考虑其无限性，即在我们的想象里，张秃子可以无数次败给对手，但只要找到一种胜算。

我想到历史上便曾有如此假设，叫"猴子与打字机"：假设在无穷无尽的时间里，无限多的猴子可以随意敲击无限多的打字机，理论上总有一天可以写出莎士比亚全集。这听着很荒唐，并且绝无可能发生。但理论上猴子可以，张秃子当然也可以。

假设我是张秃子，我首先承认失败，卧薪尝胆。逞强不难，难的是示弱。这点张秃子要比猴子强。换了新椅子的张秃子应该踏实本分，待人亲切，与同志们打成一片。政治上要归功领导，林积极和林深没有在单位里施肥，没有歧视和侮辱秃头，没有扰乱革命队伍，这一切都是范大发的功劳。要是假设起"张秃子与打字机"，那他可能会在无穷的时间里，拆掉无穷多的打字机，造出无穷多的台阶来让领导踩。这听着很荒唐，但极有可能发生。

林深否定了我的设想：要是张秃子如此，那真是比猴子还蠢。这时候政治上有觉悟不出风头叫火烧栈道，退避三舍。但一反常态，搞人际关系摆明了就是有所图谋，这等于昭然若揭，大张旗鼓地让人戒备，明明是搞偷袭结果还遇上了埋伏。所以照林深的设想，张秃子就应该无欲无求，待人疏离，给人一副自暴自弃的错觉。

现实果真如他所料。节后回来半个月了，张秃子好像对一切都不在意，开会时眼神涣散，要不是范大发当面说了他几句，他真可能灵魂出窍，跟着刘邦烧了栈道，退回巴蜀山中。蜀中连绵大雨，淋得他如梦如幻，亦真亦假。

"接下来呢？"我问。

"装。"林深说，"装得还不够真。"

"假的真不了，假猴子可写不出莎士比亚全集来。"

"真的也写不了。"他很笃定地下结论，"何况人能看清猴子真假，却看不清人的。"

要不怎么说这里是泥潭呢，林深还埋在泥里呢，就琢磨起上面的事来了。泥里污浊，我奋力伸出头，就看见从泥潭里挤出许多小脑袋来，大多都在假寐，少有的几个也睁只眼闭只眼。我正打量呢，一块泥巴飞过来，不偏不倚地砸在我左眼上。我的模样丑极啦，谁见了都会笑。他们幸灾乐祸地对同伴说："我说吧，快闭眼！"

古人有云"一目了然"，意思是说泥巴糊了你一只眼，另一只眼反而看得更清楚。我清楚地看到，张秃子没"厚积薄发"起来，两条腿都插在泥里，动弹不得。范大发就堂而皇之地冲他扔泥巴，边扔还边喊"见谅啊老张，同事一场。"张秃子头上的泥都堆成小山了，还在那假客气呢："蓬门今始为君开，说什么呢老范。"

范大发自然不信张秃子会束手就擒，于是他继续试探，把林化学从厂长位置上撤下来，这等于说一块乌黑的泥正中张秃子面门。范大发问："老张，不介意吧？"张秃子一抹脸："豁然开朗，我爱领导！"

"这才是厚积薄发。"林深点评道，"装糊涂的高手。"

可说着热闹，这两天又没了动静，单位里一片安宁。按照林深的推测，范大发很可能在搓一团大泥巴，这团泥又臭又硬，势必要正中对方的要害。

"那怎么应对？"我问。

"寸步皆让，不拘小节。"林深宣读道。这点他颇得张

182

秃子真传。

林深说，就算范大发要对李会计下手，张秃子也必须拱手而让。李会计是张秃子死党，也就是穿一条裤子，坐一条船的。现在张秃子忍痛割爱，割的不是半条裤子半条船，而是把光着屁股的李会计丢进水里。可寒冬已至，形势严峻，河面都结了冰，瘦猴李会计"咣当"一声砸不开冰面，"呲"地就溜了老远，暴露在众目睽睽之下。要是进水里还能留点颜面，可按林深的想法，范大发就该把这一切都做绝，试探到底。

李会计是张秃子的猴，这谁都心知肚明。两人多年玩杂技上瘾，人牵着猴说要变戏法，左右手一倒腾大伙的工资没了，再瞧瘦猴呢，眨巴眨巴眼睛，翻几个圈，尾巴一翘，两手一摊，就瞧见一手工资一手油，戏法变成了。这两人呐，拿全单位的工资买基金谁人不晓，但这场没有秘密的杂技却演成了心照不宣的连续剧。瘦猴也不傻，挨个与前排的击掌传油，不可谓不油滑。中间排的呢揣着明白装糊涂，嗷一嗓子兴许还能蹭点油。倒是咱这种最后排的，探头看个热闹，听个乐子。末了戏演完了，钞票从里面往外传，传到我手里时，一点油花都没有，干干净净。这时候总有人一边往前排挤还一边教导你："咱就挣这明明白白之钱！"

现在范大发这一泥巴砸过去，杂技就得换人演。"啪"

的一声正中要害，旧戏落幕；一鞠躬，一鼓掌，新戏开场。演来演去戏不变，总不至于是绝唱。

张秃子的根基就这么点儿，现在被剥得干净。若要将他连根拔起，那也是不现实的。说起来技术是张秃子的立命之本，这个边陲小单位能在市场经济里苟活至今，一半靠的是张秃子带头研发的技术。技术成就了他，可也害了他，心高气傲的他成了人际关系里的空中楼阁，脱离了大众。这反倒让走群众路线的范大发有了可乘之机。

"那另一半呢？"我问林深。

"靠领导意志。"他说，"这也就是为什么李龟蒜能上位。"

本质上李龟蒜和张秃子一样，心比天高。可他始终没飞起来，一只脚踩在半空中谨听教诲，另一只脚踮着，挨着大伙儿。这就是他高明之处。

他问我："李龟蒜研究性，性的本质是什么？"

性是扎进人性里的行为，本质很难捉摸，我想不出于是只好说是"自然法则"。他说很接近，是"扮演"，扮演雌雄，区分你我。性首先要明确角色，不分你我就不是性。如果领导要挥舞起大棒，李龟蒜就要扮演好这根大棒，传递领导的意志。这本质上也和张秃子让我写举报信一样，找个想法不多又听话的，往底下人群里一杵当喇叭。李龟蒜深谙此道，再合适不过了。

这也就是说走群众路线的范大发，旁边杵个领导的喇叭。现在走技术路线的张秃子要想反败为胜，就要搞清楚根本性原则：范大发是颠覆群众意志还是领导意志？这就好比如若否定其无限性，要让猴子尽快敲出莎士比亚全集，是顺其自然任其随意敲击还是先自学打字再一气呵成敲出文集？

这很难讲，必须寻个由头试一试。多数时候群众意志和领导意志相互纠缠，形成无数个交叉点。范大发不会傻到破坏这种平衡而鲜明地倒向一方。

"但除非诞生一个让两方相背而驰的矛盾，他自愿付出代价选择一方。"林深继续提示我说，"这个矛盾也是他的对立面。"

这指向一个明朗的人。我豁然开朗："张秃子！他要我写信举报他自己！"

张秃子本质上的确就是这么个无法兼容的矛盾，他技术过硬颇受赏识，却有恃无恐脱离群众。只要微妙的过分，越界但不把事做绝，领导自然不会连根拔起。但对范大发来说却不同，这是铲除张秃子的绝佳借口。张秃子把柄不多，漏出破绽时势必要一击必中，因而就算颠覆一次领导意志也在所不惜。

林深说，当然这点矛盾依然不能把范大发拉下台，但足以证明以下两点：

这里谁能做主。

这里谁能做人。

综上，这件事显然会给领导提个醒：范大发不够听话，大棒得握在惯用手里。

妙哉。"接下去呢？"我问。

"联合大棒。"他的意思是说张秃子要联合李龟蒜，左右夹击，但这一切的前提要建立在大棒愿意上位的基础上。但问题是李龟蒜这人很龟，不愿得罪人，至少表面上看他没有冒险的可能，但人面藏心，人的心思是最难把握的。于是这场思维实验被抽丝剥茧，简化为"李龟蒜是做好人还是文人"这一问题。做老好人就是自持中正，调和矛盾。做文人就是自视甚高，以才配位。无论如何，张秃子都必须试图挑起李龟蒜的野心，言明利益，各取所需。

我们从思维实验里脱离出来时，办公室里的长舌妇们都在呼呼大睡。鼾声似雷，要是有人说这间屋子里布满地雷，一踩一个炸，也没什么好奇怪的。

大白天我和林深有恃无恐地谈论起这些，就因为我们给他们取了洋文名字。张秃子叫微软，范大发叫鲍勃，李龟蒜叫贝吉塔。长舌妇问我们在谈论什么？就说有三只狗抢东西吃，只能给一只，不知该给谁。她说看主人心情，想给谁给谁。我们听完抚案而叹，你看吧，答案就是这么简单。

"不过狗的名字挺难听的。"她补充说，"尤其是微软，听着就乏力。"

我们相视大笑，乐不可支。下班回去的路上，我又琢磨起这些事来，深觉政治斗争之艰难，要揣摩多方意思。

我到家时，发现房子里很吵，俞熠在改造阳台，最近天气转暖，松鼠偷家是常有的事。昨天傍晚我和李苟就看见松鼠在阳台上晃荡，俞熠在阳台上晒了不少鞋，闲来无事它全给推下去了。要全掉下去尚可捡回来，偏偏有一只挂在楼外凸出的排水管上，这下拿不着了。这只皮鞋是冷热送的，俞熠还从未上脚过。半夜何平家厕所漏水，俞熠先救的是鞋。这家伙之前怕它暴露在空气里氧化了，可现在还没穿就已经沾上了臭味。俞熠打算放在阳台上干洗一下，再找何平的麻烦，就在这时，松鼠果断出手，转移了人民内部矛盾，造就了跨物种矛盾。

后来俞熠绞尽脑汁也取不下来。绞尽脑汁的意思是说何平家的厕所漏水，导致俞熠的脑子注水严重，现在一想办法就猪脑萎缩，缺斤短两。具体办法是他抓着带鱼，我抓着他，他大半个身子都探出去了还是够不着。后来他想到去找乌龙茶出主意，乌龙茶灵机一动，从杂物堆里翻出一长棍来，说兴许有用。这是乌龙茶的得意之作，叫长河痒痒挠，意思是像河一样无比之长。我们正惊叹之时，乌龙茶同志兴奋地指出，此发明是帮助有狐臭的同志解决皮肉之痒，远隔数米，亦可发扬团结协作之精神。俞同志听完后很高兴，称赞了对方的惊人之思和务实作风。唯有李同志不解风情，说什么戴口罩挠更方便，众人闻之不语。

这棍长度的确合适，挠了半天，墙皮都快挠秃了，皮鞋还岿然不动。看来这发明徒有美名，鸡肋至极。弃用后我又建议开闸排水，用水流冲掉皮鞋。余同志深思熟虑后说要保护现场，不可妄动。后来半夜暴雨，皮鞋泡得像块褶皱的吸水海绵，松软得一塌糊涂，悬挂于天地间像颗黑痣。这就和那只银靴子呼应上了，可唤作"小人之鞋，现实之痣"。妙哉。

说来松鼠偷家不只转移了矛盾，还在卖弄学识。前几天俞熠回来后发现水杯里半杯石块，杯子周围一圈爪印，这就是说松鼠也读过乌鸦喝水的故事，博学多识，与君共饮一杯水。后来俞熠热火朝天地改造阳台时，没少说松鼠的坏话。他的目的很友善，人与自然和谐相处前要缉拿真凶。想法也很务实，得到了乌龙茶的现场指导。他俩在阳台"叮叮咚咚"敲了好一阵，天色在慢慢沉下去。空中飘忽的云像厚重的棉，要是一刀划开，露出来的肯定是宇宙浓郁的小心思。

我有些沉闷彷徨，这来源于郑直。我上楼去找他，想说些什么，却又害怕说清什么。这种含糊不清、似有似无的矛盾，是松鼠也转移不了的。郑直又在捣鼓洗衣机滚手电，看见我来，苦涩地一笑。

这种跃动的光影很像一铲子掘开地表时，地心里另一个世界的倒影。如果这一切都为真，我们应该一头钻进去，去另一个世界看云升月落，天地玄黄，看天狗吃掉月影，火融化在海里。可偏偏俞熠跳出来告诉我这都是假的，楼下电钻的声音实在太大，等于将我从想象里拽出来奚落一番。这时候我很想凿开何平家厕所的水管。

他将头靠在我的肩膀上，我心突然一颤，想到这时要是软下去会很丢面子，于是我浑身紧绷，肩膀高耸，好像要把他顶到天花板上去。

"汽修厂倒闭了。"他说。这就是说他丢了工作，成了全职武术家。

按照安慰的逻辑，我应该遗憾一番，可这话我实在说不出口。郑直所在的那家汽修厂独树一帜，因为善抓主要矛盾而闻名，据说一辆雨刮器坏了的汽车开进去，一群哲学家就会手执扳手开始分析主次矛盾：表面上看是雨刮器的问题，实则要顺藤摸瓜，抓主要矛盾。这点很像互联网思维，问题不是问题，发现问题才是问题。后来雨刮器果然修好了，车坏了。但瑕不掩瑜嘛。

"那你以后怎么打算？"我肩膀软下来，几乎要塌到地上。

"死不足惜。"他说，"就和工厂的命运一样。"

"为什么告诉我这些？"这件事他谁也没说。

他郑重其事地说："因为你很真诚。"

什么叫真诚？就好比你讨厌某个人，这个人口干舌燥要讨口水喝，有人要恶心他，就吐唾沫星子说："讨口水喝，口水拿去吧；有人要毒死他，就表面伪善地端毒水过去。"而你会泼粪水过去，既不要他死，也诚心恶心他。这就是真诚地恨一个人。

又好比你爱某个人，这个人口干舌燥也要讨口水喝，有人要捧，就榨干自我，拼命灌水，美其名曰"柔情似水"；有人要踩，就口若悬河，不给水给价值观，美其名曰"如鱼得水"。而你会与之共饮一杯水，水多时互不贪杯，叫"细水长流"；水少时不分你我，叫"相濡以沫"。这就是真诚地爱一个人。

而郑直觉得我真诚，或许是我平等待之。他们拿我头发电后，我一视同仁，挨个捶肿了头，有一阵子郑直不认识我，差点失忆，就因为我下手没轻没重。醒来后他不仅不怪我，反而与我更加亲近。这道理很简单：一心二用的善就是一心一意的恶。郑直要的就是绝无区别对待的尊重。换句话说，我打得越轻就越是罪大恶极，打得越重就越是善解

190

人意。可是那晚"霸王别姬"之后，我变得不真诚了。我对待一段关系开始投鼠忌器，总想给他水喝，给他食物吃，显得真诚又友善。可没有胃的人能活着，没有心的人会立刻死去。

我掏出一把牛角刀递给他，那是水牛角制成的刀，质地坚脆，又叫牛百叶。前几天我在逛古玩市场时，从一个南方古董商手里买的。据说早年间他在南方山里插队，当地牛角刀遍地，导致水牛都秃得厉害，性欲降低。

我这些天总在琢磨送些什么，可这时候把刀送给郑直，显得不合时宜，如果他拿这刀抹脖子，那我真是罪大恶极。可我总觉得他不会如此，越是生猛的礼物就越让人心生敬畏。

他低头打量这把牛角刀时，楼下传来一阵哄笑声，听着像口水鸡的坏笑。据说这家伙最近都忙着剪片子，很少出门，听他这么一笑，我心头一凛，一种不祥的预感顿生，起身就往楼下去。

十九

乌龙茶说要发射飞船，这绝对算得上文明广场居民楼的大事件。他来找我时，我还在思索俞熠的问题所在。周末一早，我惯性起早，在阳台上抽烟，看着绿皮火车刺破黎明，往城市文明里去。这时候那只松鼠忽然而至，在啃俞熠最爱的多肉。等我安静地抽完一根烟后，它与我对视一眼，丢下吃剩的一半，留下罪证嚣张地一跃而去。这只松鼠极具灵性，授人以柄，却又让人无可奈何。要是俞熠以"破坏跨物种和谐罪"审判它，人民就会以相同的罪名审判俞熠，绕了一圈等于自我审判。最后一合计，俞熠丢了只皮鞋和一盆多肉，自作自受吃了个哑巴亏。

松鼠走后，乌龙茶就上楼敲门说帮他把飞船抱下去。按理说这种运输工作口水鸡一伙人最擅长，可乌龙茶说口水鸡很可能随手顺走几个部件，再朝飞船吐唾沫。这样一来，口水鸡就会成为宇宙鸡。人类总喜欢听一流笑话、二流故事，将来一翻史书，谁都不对乌龙茶的飞船感兴趣。倒是一翻野史，上面记着"某年某日，某人的唾沫上了青天"，准有人一拍大腿赞叹道："嘿这孙子好大的口气，痰飞上了宇宙哎！"

我拉着李苟和问题少年俞熠下楼一看，这飞船较上次肿得明显，四人勉强能抱起来，可门太窄横竖出不去。于是大伙商议用绳系着由窗口往下吊。这主意很棒，筹谋了很久，可刚扛起飞船呢，俞熠就脚底一滑，我们也跟着失了重心，一个惯性愣是把飞船从窗口扔了下去，实现了半自动化飞跃。飞船的零件炸了一地，露出不锈钢内核来。据我猜想，这很可能是对面煤炭厂的失踪文物。上个月煤炭厂刚费了大力气翻新了厕所，听说之前年久失修，装不下公粪就引起了公愤，这次特地铺设了不锈钢管道，面目一新振奋人心，宣传标语都贴到我们楼里来了，搞得我诗意大发，又想进去题字。可这事没成多久，厕所晚上就让人给扒了。厂里人一拍脑门，失算了，装摄像头的钱都拿来建厕所了，黑灯瞎火的啥也查不着。谁能想到煤炭还没在能源市场失守呢，厕所就先失守了，成了遗址。为此煤炭厂追查了半个多月，愣是一无所获，到头来没想到是乌龙茶这小子钻了空子。他正气定神闲地重新组装时，厂门口就有仨人在观摩。

他们仨问我这是在做什么。我低声说是个移动厕所。这艘飞船造型怪异，又碎了一地，这时候说什么都合情合理。他们又问这么小如何使用。我点到为止地说，局部消费，精确落袋，还防火防盗。他们心领神会后相视一笑。

"同志辛苦啦。"他们激动地与我握手，"再也不怕贼人偷家了。"

"尚属绝密，还望保密。"我嘱咐两句。这一握手，让我想起船身上还有宇宙飞船四个大字，惊觉暴露在即，于是连忙将他们支开。

我们连忙把零件都转移到文明广场上去，看着乌龙茶一点点拼起来。乌龙茶也很不好意思，把家里的库存饮料都拿给我们。这家伙珍藏了各式风味的乌龙茶，我们喝了一圈，发现有几款味道独特，上面写着"鸟龙茶"和"乌尤茶"，想来是杂交饮料，技术新品。后来文明广场都快被我们尿出河道来了，何平他们才从楼里出来。那时透亮的天上万里无云，天气好得出奇。我们懒散地躺着，听何平讲他的伟大构想。

何平说，自从P先生倒台后，他带着信徒们逃离平原，另建新城，在那里他们依旧奉行资本主义，让真相流入市场。而老方的拥护者们留在了平原上，建立起城邦。祖先何平想去看看。于是他手执战旗，单枪匹马地穿城而过，晃晃悠悠地出发了。战旗迎风飘扬，正反两面上写着"祖冲之"和"幼稚先生"。何平是人类世界的祖宗，此刻冲锋陷阵便是"祖冲之"。至于"幼稚先生"，那更是讲得通，人久居平原变得"复杂"，而"幼稚"则是至高无上的赞美，珍贵又浪漫。

可一进城，雾霭茫茫，啥也瞧不见。听说"P理城"以"贪婪"为荣，这就是说雾里看花，顺藤摸瓜。这不一眨眼的工夫，连马也被抢了去。雾里又探出几个脑袋来，一看无利可图，便开始讲起悲惨故事来。何平一听泪流满面，来人用中指蘸眼泪一尝："嘿，新鲜，咸味真足！"说完从雾里钻出七手八脚抢起眼泪来，有人抢着了撂下一句"卖惨也能赚钱，真是人傻泪多。"有人抢少了，就一个劲儿拍何平的后脑勺逼他出货，顺势赔个笑脸："多多益善，理解万岁！"何平勃然大怒道："糊涂！我是你们祖宗！"几人捧着泪笑道："孙子哎，钱才是我们祖宗！"泪珠落在地上，都是铜板掉落的声音。

再往前走，就是历史的起点"辣鸡城"。城里遍地落满太阳，举起一看是金黄的饼，可见饼都快通货膨胀了。物质文明一发达，人就要丰富精神。"全身真相"的何平刚进城，就有人往他命门处贴一标签，上面写着"弃暗投明"。听闻

"辣鸡城"好舞文弄墨，隐喻真相。他右手刚要去撕，就有人贴"虚左以待"，换到左手，又有人贴"无出其右"。两手都不动了还有人贴"左右为难"。这多有意思。也有话粗的，往他光溜溜的肚皮上贴"树大根深"，往屁股上贴"引狼入室"和"黄雀在后"。就这样贴一身的标签，走在光天化日之下，何平咧嘴一乐，立马就有人小纸一拍，堵住他的嘴，他撕下来一看，上面歪歪扭扭写着四个大字：封箱大吉。祖先何平就这样局部真相地穿过"辣鸡城"，往平原深处去。那里，高塔林立，辣鸡派在此建立了成千上万的真相塔，穿梭其中，祖先何平感到前所未有的渺小，这种渺小，源于他对真相本身的恐惧。对于这一切，他始料未及。

"结尾是什么？"俞熠问何平。

"还没想好。"何平说，"兴许是一次性幻想，手法上叫前后呼应。"

对此，听者就有如此评价：本末倒置，不抓住主要矛盾。我们听得膀胱爆炸，准备撒完尿后再回到落满火山灰的平原上接纳结局，集体高潮一下。抬头看已是午后，肉眼可见的星辰都躲进云里去了，而我们沉浸在何平的构想里许久，直面一个看不清也说不清的世界。恰巧这时乌龙茶的宇宙飞船也拼好了，我过去一看，不仅多出一大堆零件，字还拼乱了，成了"宇飞宙船"。飞船从不规则多边体变成了疑似圆柱体，节省了好几条辅助线。据我推测这和郑直打拳一个路数，前后两遍迥然不同。这叫拳无常势，船无常形。唯一定量的是飞船还是左倾的，如果摆到台面上来研究，一定会被人诟病思想激进，再贴上"旁门左道"的标签。

我们很激动地拭目以待，谁能想到飞船压根不着道，点了火就熄火，半天了纹丝未动。这时飞船真像天地间拔地而起的一炷香，乌龙茶虔诚地冲它呲了泡尿，喊道："第一泡，扶正固本。"我不理解这是开光还是走光，对着宇宙飞船撒尿总是新鲜的，没准真飞上了太空，那真是光宗耀祖，说出去也传奇："你爸我的尿哎，简直比人类思想水平还高呢。"

我们有样学样，齐刷刷地对着这炷香开闸放水，苍茫的天地间，好像咸湿的一片海，水质肥沃，要孕育出粗鄙的文明和贼坏的病句来。

"第二泡，大江东去。"乌龙茶喊，"尿完磕个头吧，敬敬祖宗。祖宗说了：事必虔诚。"

我们又齐刷刷地磕头，虔诚地祈盼。这第一个头下去，我就恍然大悟了：哪有跪着的明白人，只有站着的坏人。祖宗说人人平等，不能跪。口水鸡一句话就给我们骗回去了，合着真把我们当孙子了。俞熠最晚明白过来，恼羞成怒，起身"哐当"一脚就踹在飞船上。我们正担心这冒失的一脚下去，光宗耀祖的好事没了。哪知道飞船挨了这一脚，浑身发颤，急不可耐地就升了天。

乌龙茶兴奋地大喊："还真是你这个孙子嘿！"

白日里我们看着这炷咸湿的香被连根拔起，尾部喷出焰火，倒头就要刺破迷雾坠入银河里。山脚的枯树上站着一排寒鸦，引颈向天看这迷幻的一幕，如同理想主义者的榔头，挥舞着要砸烂世间一切秩序。我们就并排走在焕然一新的混乱里，悲极钻进灵魂，重温着那座山头上的豪壮与乐观。于是我低头看见，那个插在我们灵魂上的墓碑，良人的大码之靴，此刻蠢蠢欲动。

可我正乐观着呢，俞熠就说坏了，真的尿性。飞船的轨迹就像他刚刚撅着裆尿出的抛物线，后继乏力，从高点坠落，呼啸着奔着居民楼去了。何平在伟大构想里被扒得干净，还能笑着把战旗插在火山脚下，可现实里我刚意淫完理想主义的温热，转头就被冰冷的一泡尿呲得欲哭无泪，自相矛盾地往家里跑。这第三泡，就得叫自作自受。翻来覆去，就是一句贼坏的病句。

看样子飞船直奔了俞熠的房间，这家伙刚刚磕头最虔诚，念念不忘，必有回马一枪。我们看着它窜进去，半天没动静，像是颗哑弹，在你要哭时愣是要死戳你的笑穴，让你哭笑不得。我们一路跑回去，吸了太多冷风，肺里苦闷极了，好像吞进了整个西伯利亚，吐口痰都挂着冰冻的血丝儿。

　　回去一瞧，飞船就歪着躺在俞熠的床上，浑身发烫，但总算虚惊一场。这时候优雅浪漫的男人应该点根烟，架空思绪高高挂起，回到刚刚褶皱的豪壮与乐观的情绪中去。我和李荀真把自个儿当作科学家了，研究起飞船的结构来。俞熠就不乐意，飞船本质上就是一堆厕所来的不锈钢，如果共处一室，有种和工业文明的排泄物同流合污之感。这很不好。于是他选好角度，铆足了劲"咣当"一脚把飞船踹下床去。说巧不巧，飞船又挨了这孙子一脚，滚落到地上，冒起黑烟，蹿起小火苗来。此时我想起比利时的英雄小于连来，这个小男孩靠撒尿救了一座城的人。四百年来人们仰望他的"菲勒斯"和排泄行为，如同瞻仰英雄。现在上天再次垂青时，我们却盆底肌紧缩，滴水不剩。看来人之尿也有贵贱之别，我们的只够开光，不够发光的。

　　我们只好穿上裤子，于危机之中感受到中年男人的力不从心。想取水救火时，已是浓烟滚滚，熏得人睁不开眼。我们胡乱拿上东西就要逃命，李荀有选择困难症，愣在原地纠结是搬沙发还是拆马桶。这还了得，我把香锅扣在他头上，拉着就下了楼。刚一出来，楼梯就塌了，露出豆腐渣本质，喷出好些个烟渍。这时候楼里的黑烟已经不可遏制地往天上飞，像是一声厚重的叹息，要展现撕裂的决心。

煤炭厂闻讯跑出来许多人，一会儿楼下人头攒动。这时一颗头颅劈开人流杀出来，看这架势来头不小，名头大得连发际线都退避三舍，退到后脑勺上去了。来人高度近视，眯着眼一脚就踹飞俞熠，骂道："张浩，看美女呐！"

说着真的张浩就捧着眼镜，慌里慌张地追上来："李厂长，您认错人啦。"

李厂长戴上一瞧，顿时满面笑容："哟，还是位小同志。看戏呐？"

"李厂长，着火啦！"真张浩喊。

李厂长一推眼镜："哟，还真是蛮严重的咧。"

煤炭厂离居民楼大概有五十米的距离，就算楼倒塌下来，也不至于引火上身。但风力不定，火苗飘扬就像飞弹，一点就能葬送整个煤炭厂，还有李厂长的职业生涯。所以他紧张得后脑勺的头发都立起来了，像孔雀开屏。就在他指挥灭火时，人影散乱，我才发现郑直不在其中。我顿时有踩空之感，心绪发凉。

"哟，怎么还有位小同志。"顺着李厂长的目光过去，飞扬的黑烟里一抹鲜红若隐若现，像污渍里破碎的血。郑直又是醉醺醺的，在天台的边缘起舞，一旦踩空就会坠下来。

"不至于吧，就一个玩笑。"口水鸡自知有罪，急于洗脱嫌疑。

昨晚，我在郑直家听见楼上的笑声，回去发现他们在对着摄像机发笑。我一看是郑直穿红裙舞带鱼的视频，那晚摄像机没关，恰好录下了这段。口水鸡在整理素材时无意中看见，于是过来要娱乐大众。

奇怪的是郑直也和他们笑作一团。我作为当事人要表现得尽量难过，但没憋住也笑了一阵。后来他们对此事就有这样的评价：霸王别姬，鸡别王八。

此刻我对接连而至的混乱怀有强烈的愤懑，情绪失控就要破口大骂。这时煤炭厂的看门狗叫得很凶，和我交相呼应，好像在跨物种翻译。所有人都仰头看着郑直，他被暮色衬成一道剪影，惨淡的世界里雄火与悲烈，黑烟与红裙，在杂碎的秩序里被混和成同一道命题：或许这个醉酒的红裙男人才是真正的郑直，他无理取闹，愤怒不安，不需要清醒和乐观来伪装自我，那个黑夜里看着工厂烟囱的无助少年，自始至终都怀揣着有关平衡的哲学问题。

而后他失去平衡，从天台坠落，倒头就要刺破迷雾坠入地心。

两千多年前的垓下，虞姬在四面楚歌中换上华服，舞剑而歌，一个笑着死，一个哭着生，爱与恨，生与死，期待与失落，都成全在钢铁与血的混乱里。我想郑直也是如此，他想死在一个明明白白的日落里，抬头看见明朗的天，脑浆迸裂在尘土中，去看清脑海里那个畅想过的世界，没有真正的圆满，也没有纯粹的爱恨，这就是平衡。

我想史书可以这样写悼词："平衡之爱，纯粹之人，悲情自古两难全"。可郑直的悼词就没法写，因为他没死。没人想到，郑直下坠时被带鱼勾住，挂在四楼的阳台外。俞熠的阳台改造意外成了救星，他在阳台上凿了许多洞，将带鱼穿过朝外戳着，本意是吓唬松鼠，没想到反倒救了郑直一把。试图浪漫死去的理想，此刻撞到黑色幽默的现实时，彻底失了平衡。

俞熠这时一机灵，对郑直喊："正好顺手帮我把皮鞋取下来，举手之劳。"

我一脚踹上去，都什么时候了，还想着那只破鞋。我们急着找各样东西接住郑直，这时候半包围结构的字就不管用了，没任何奇思妙想能接住"生命"二字。我大脑空白，气血上涌，伸着手打算徒手接住。

郑直拿出那把牛角刀，一刀刀划破红裙。他看着我。夕阳如血，楚歌如钢，虞姬的泪，从刀口涌出。

二十

火灾当晚，消防人员赶来灭火后，来了个专业素养极强的小报记者。李厂长因为名头最响率先接受采访，厂长同志指出，作为投入城市经济建设的一线工作者，有责任有担当有信心打好这场攻坚仗，将爱奉献社会，将使命奉献历史。厂长同志的发言情感真挚，言谈朴实，在场的听众无不闻之落泪，频频点头。他还指出，在人人奋勇的当今，依然有不法分子盗窃厕所不锈钢。在这里他郑重地宣布，要率先垂范，捉拿真凶，还厕所一个公道，还人们一个公道。

张浩和我们在后面并排聆听，热泪盈眶，几乎要哭出声来。唯一美中不足的是，当时风太大，李厂长始终是一副孔雀开屏的姿态。小报记者努力憋着笑，就快要控制不住了。

"你好像在笑。"俞熠质疑她。

李厂长一听顿时如旱地拔葱，上来就踹飞了张浩："这叫感动！"接着回来捋顺头发，继续接受采访："刚才说到哪了，哦，还人们一个公厕。"

后来我们接受采访时，谈起了事发经过。面对质疑者，小报记者表现出一种用来克服嬉笑的愤怒，可当我们说起宇宙飞船时，她"扑哧"一声笑出来，和摄像小哥两人笑作一团。我们就这样在冷风中看着他俩笑了大半天。

俞熠学聪明了，故意把张浩喊到身边，然后一语道破："你又在笑。"

李厂长耳朵是真好使，大老远从人群后头蹿出来，一脚又踹飞了张浩："屡教不改，都说了是感动！"

在这过程中，我始终被某种情绪缠绕，有着极强的幻灭感。我扭过头去看黑夜里的楼，它被焚烧得空洞发黑，像是炼得赤红的钢铁，骤然遇水后变黑变硬。几个小时前，我们还自命不凡，幻想着名垂青史，可现实的铁就如理想的碑，埋葬了我们关于白日梦的所有渴望与冲动。

后来我上网一看报道，标题写着"厕所被盗，火灾现场老厂长踹飞员工，面对围观者质疑，真相竟是如此……"一个悲剧被横刀剁了数块，串起来就骨肉相连，放着叫一堆杂碎，本意是消解，本质是消遣。

楼没了，我们就只能搬到城市里去住。俞熠搬过去住冷热那儿，这是我们预料到的。李荀起初和我住，可又舍不下凌晨，于是就两边游走，属于打游击战。后来我劝他住过去，他嘴上说舍不得我，实际上第二天就搬空了东西。走之前的那晚，我们痛饮一夜，聊了很多。

我们的生活变得文明起来，就因为住进了文明的居民楼里。四周都簇拥着商业，也不再是历史遗址和工业文明。这儿有暖气有信号，风不会把一整个世界的灰尘都吹进家里，让我们成为被考古的历史人物。不用奉献我的头给屋子发电，也不用冰冷的夜里在厕所冬泳，以毒攻毒。这里物业不让你上天台吃火锅，邻居不让你进去谈哲学问题。向上封顶，左右锁死，所以你只能向下。这时候我们就像被捆住的蟹，掌心大小，要卖给礼仪道德，还不能打折扣。一打折扣就有人说这蟹半死不活，不新鲜。后来我发现个体文明就是捆绑销售，打一出门就被捆住，小到卖给礼义廉耻，大到卖给大是大非。每个人的脸上都是螃蟹壳上的假笑，一见面就是"哲学社交"，即打招呼就是没打，没打就是打了。坐电梯时一群人对着同一方向码得整整齐齐，我称之为"后脑勺文明"，即脑勺向后，文明向前。

李苟问我，我们在极荒凉的文明广场扮演一只在黑夜中穿梭的鬼，一呼百应，来去自如。白日里又要混入人群，在极文明的荒凉城市中扮演迟钝，拼命搞笑，无人喝彩。你说我们是逞英雄还是真小人，到底是人是鬼。

这话我没法接，说人呢就是真小人，说鬼呢就是逞英雄。于是我劝他喝。他说喝多了就成了酒鬼。我说酒鬼也是人，酒不醉鬼，执念才醉鬼，要是明天醒来我们还怀有执念，就是真正的鬼。

第二天醒来我们谁也没提这些事，像后会有期那样草率地道别。我们心照不宣地笃定还会再见，也笃定对待骤然挫伤的裂口，最俗也是最好的方法就是默默忍受慢慢习惯。要是他就这样头也不回地一走了之，还可以落笔成伤感文学，可他偏偏在我抒情时掉头回来，说拉肚子。后来还堵了马桶，在厕所里捣鼓半天才出来。

"你后来见过郑直吗？"他束皮带时问我。

郑直没死。得亏李厂长和张浩用棉被接住了他，不过头还是重重磕在地上，血印了棉被一片。李厂长教训他说着火了不往下跑，要放卫星啊。还教训我们说就知道看戏，他是放卫星你们就是埋地雷。后来我们看到李厂长的右手只剩两根手指，大拇指和中指，褒贬功能还在。据说当年厂里出了事故，是被机器绞的。我们听完顿时觉得他的形象高大起来，不过就是眼神不好使，拎起俞熠的耳朵骂骂咧咧地就走了。真的张浩反倒躺在地上哀号，他被俞熠的皮鞋砸中，正捂着脑袋。我捡起研究，这鞋被雨泡烂后被太阳一晒，又是硬邦邦的了。

当晚郑直被赶来的救护车送进了医院，后来我去时他已不在，人海茫茫不知去向。这时我才发现，自始至终我们都没留联系方式。我也没打算极力寻找他，是不想被大家风言我们之间的关系。

"有机会再见的。"李苟拎上东西就要出发。

"多读点书，记得文明。"我嘱咐他。

"空虚疲惫，聊以自慰。"他祝福我。

李苟走后，后来我还见到了老李和何平。我去逛文物市场时，见老李蹲在地上看两只狗交配。开春季节情趣盎然，宜繁殖。这时候老李还是一件土黄色的棉袄，像是树洞里爬出来的懒熊。他这人很坏，公狗就差一哆嗦了，他上去吓唬它们，公狗歪着腿就跑，显然是没尽兴。后来他见我面色不好，就问我是不是家里马桶堵了，见我还是沉默，就凑过来低声问：不会吧，真是女朋友跟人跑了？一个下午，我都没好脸色给他。

老李每天都在文物市场，周末我来找他聊天。绕了一圈没找着，最后在角落里寻到他。别人来都是把玩文物，他来是把玩活物。他在这也不卖东西，没事就插着兜晃两圈。时间一长让人以为是文物大盗踩点来了，还被人揪去过派出所。

老李说他在等人，这一等就是十多年。十多年前他爱人就是在这里走失的，当时他在报亭看新闻，看着看着他爱人就成了新闻。后来他就在老房子里铺满风车，像编织张网，要兜住过往的一切。十多年很漫长，足够把等待熬成一种习惯，上个这样做的被写进了成语里，叫"守株待兔"。十多年又很短暂，像场须臾又荒诞的梦，上个这样做的被写进了戏剧里，叫"等待戈多"。他大概也知道这一切没有结果，但爱情不只是爱一个存在的人，也可以爱曾经存在的人。假如爱情关乎存在，那我们探讨爱情前要先探讨存在，那这将是遥遥无期的求索。老李的等待也毫无意义，将被写进笑话里。因而把某个瞬间的钟情推诿给时间，在无限里无限放大，不管生死。可见这就是爱情。

我没想到老李这个不正经的老头，会是人潮汹涌里最深情款款的鬼。我们自以为动了情，在钢与铁的洪流里转身，虚空中抖落纯粹与暴躁，沉到最深处，扯几嗓子悲欢，便自认执念深重，可所执的不过半斤尘土，八两聒噪。水浅了也活浅了。这样一想我们便是浅水王八。

对于此比喻，何平说道：浅水王八的意思是说，浅水里是王，上了岸就成了王八。好好的多了个数字就不像话了。类似的例子还有"瘪三"。

我见到何平时，他正站在街口发传单。这种工作很适合他，动起来是人工，不动就是自助，就是反复切换效率太低。他说这个世界很奇怪，人类都在竭尽所能地快起来，你一动不动就显得艺术。当他思想飞扬，凝固在街头时，大家都把这个行为当作街头艺术。简而言之，他纹丝未动，什么都没做就成了艺术家。

艺术家何平一天要打两份工，白天发传单，晚上要去餐馆端盘子。我听完一言不发，只是抽烟看人来人往。噪声刺进来就不显得沉闷，我自认在街头谈这种话题是明智的，没有压力去拔一根刺，把一切都推给世界，人和车，夕阳和挽歌。世界安慰人的方式叫自欺欺人，文学手法叫借景抒情。何平站在世界的中央，看着它一点点黑下去，心里却一点点亮起来，好像要想起许多事。

何平说他心里住着个十岁的小孩，这个小孩能轻易洞悉他人的想法，幻想着自己是个侦探，要挖掘所有真相。他知晓了别人的小秘密，遵循着P先生"知无不言"的处事原则，要一五一十地交代真相。这还了得。因而同学们都孤立他，老师也排斥他，称他为"复杂动物"。父母带他去看心理医生，他假装顺从，却又轻易拆穿医生伪装的体面。医生气急败坏，说要给他打针。一针扎在他的脑门上，把针管里的"懂事"和"知而不言"都推进脑袋里。那时候何平听过某种传闻，据说被打了针的小孩脑袋巨大，里面被注射了氪气，这是世界上最不活泼的气体，这注定了他们无法飞上天空，必须永远活在大人的影子下。这令何平感到畏惧。

后来何平变得善藏，他将那个十岁的小孩藏起来，画地为牢，解释为一种逃离现实的孤独。于是在他的构想里，知无不言的P先生主宰了人类世界，却又被老方的信徒们推翻。P先生违背了他的初心，就如同何平对自我的怀疑与反叛。平原上最终建起一座名为"人情世故"的高塔，代表着莫衷一是的真相，这才是人类社会的真理。

那晚，祖先何平目睹了平原上暴乱，真相塔被愤怒的人群推倒后，留下一地的瓦砾。人群散去，他在废墟中找到了那个十岁的小孩，蜷缩着躲在高塔的断壁残垣之中。那曾是他的一部分自我。可对我们而言，仿佛我们的一部分也都被困在高塔内，圈住了许多荒诞不经的妄想和童言无忌，在无数个浪潮退去后，被吞进现实的汪洋里，成为海上一座遥远的孤岛。那仿佛是我们的命途。

听完这些，我猛干一杯酒，一路辣到十二指肠。但无论喝什么，鸡汤还是烈酒，最后跑出来的都是一泡贼黄的尿。半夜尿在上个青年洒下的热血上面，看着轰隆隆的大卡车压过去，无比畅快。我等了何平一晚上，他满身油污地从餐馆出来时，狠狠呲了一地尿，然后把人生的烈酒与苦水都灌给我。

老实讲以前一停电，我们总以为融入了黑夜，继而成为时间的一部分，最终成为短暂无限的个体。可只有走出来，在深夜的街头看着来往的同类，当他们像看傻子一样看我们时，我们才意识到已经站在了时间的对立面，本质有限地要与时间抗争到底。

我们尽兴而去，沉醉不知归处。这时候我们像溺水的鱼，换气时读一首晦涩难懂的诗，最终搁浅在岸上，自言自语成了空响。后半夜我们不抗冻，冻醒后匆匆告别。很长一段时间我都没再找何平，仿佛彼此知晓过往就能建立起对抗时间的友谊。后来我想起他来时，打去许多电话都无人接听，他也早已从餐馆离职。餐馆老板不知其人，经我描述后，他就更想不起来了。据说老板让何平端盘子外利用碎片化时间洗盘子，他理解得很透彻，让盘子和时间一起碎片化了，所以餐馆老板不大乐意想起他来。城市的街头也找不到这位艺术家，人类失去了慢下来的最后动力。

何平的不告而别仿佛是要与过去告别，但这种骤然撕扯的断裂是极具痛感的，我明白人生来明晰痛感，这种痛感得以解释我们的存在。但痛并不如泌尿系统，喝什么都一泡尿，尿完代表循环结束，喝过什么都不再重要。但痛是有归宿的，它会循环往复，仿佛人之存在成为某种必然，最终成为无限时间的一部分。

又是夕阳低垂，何平站过的地方烙下一具影子，被来往的脚步踏碎。那晚酒醒道别时，他脚下也有个影子，冲我摆手。

"走吧。"我自嘲道，"鸡别王八。"

"都是潜水王八，谁也别说谁。"影子说。这是我听过的最黑色的比喻。

二十一

俞熠起夜时，天有种紧缩的阴郁，一旦跳脱，就要步入黎明。裸男不着一丝地站在阳台上抽烟，像是十九世纪浪漫主义绘画式的描摹，落笔就是个精神忧郁、肉体奔放的男人。

俞熠见状一掌拍在他的屁股上，把他从画里揪出来。这一巴掌，也可以引申为同时期的现实主义文学。

"你说人为什么非要穿衣服？"他这一问，荒诞古怪。

如果俞熠反问"人为什么不穿衣服"，那等于谁也没回答谁，他们可以像等待戈多一样等待黎明，在日出后探寻意义，这就是荒诞派文学。但其问题本身就是无意义的，人类穿上衣服才几千年，好不容易有了点羞耻心，刚当上文明人，这时候说要搞原始社会那一套，则必有人响应号召，揭竿而起，大喊"肉体可以赤裸，但精神必须高雅"。思来这不就是下流的上流社会者的那一套，叫"皇帝的新衣"，本质上比裸男还要深刻。

最后俞熠也没正面回答，只是笑了两声。这等于落笔了存在主义文学，即存在内容，但不存在意义。后来回到床上的俞熠在半睡半醒间听到一声沉闷的撞击，像是伤痕文学坠地的破碎。被惊醒的电瓶车呐喊了一阵尖叫声，刺进浅梦里，有种悠长且干裂的尖锐。俞熠醒来一看，裸男睡在楼下的水泥地上，脑浆迸裂，像野兽派的绘画风格，颜色鲜艳，笔法粗放。这时候黎明还没到来，天上没有太阳，月亮还倒映在地上。

俞熠说，自从他举着圣物追着三个哲学家满山跑后，学校把裸男从斯巴达式的生活里拽出来，查封了他在楼道里的非法驻地，剥夺了他"光杆司令"的名号，不过后来有人想念他光着身子奔跑，照亮整个校园的岁月，取名"光辉岁月"。裸男住回宿舍后，安分了一阵，被学校赞誉为"正大光明，所以文明"，意思是说要文明先光明，要光明先不光腚。有一阵裸男也因此不再讨厌穿衣服，他穿戴整齐，询问俞熠意见。这场景俞熠记得清清楚楚。

"文明了。"俞熠评价道，"终于像个人了。"当时大家都这么说。

俞熠把这个故事告诉我，是因为郑直坠楼的事给他很大触动。他为此愧疚，觉得不该笑郑直，也不该放任裸男不管，人是脆弱的，人际关系是复杂的，言多必失，不言也失，他因此而苦恼。

俞熠尝试过逃离人际关系，去年八月的最后一个傍晚，当他追上一辆喷着黑色尾气的破巴士时，夏季的热风就鼓噪得人心神不宁。车越开越快，他察觉到胃里喷出一种逃离的畅快，而这种逃离，始于对那张八仙桌的恐惧。

俞家在当地威名赫赫，就因为俞熠的爷爷是县城里的卖饼大户，江湖人称"俞爷"。俞爷当过几年兵，当年剿土匪时被山炮炸聋了右耳，还炸坏了脑子，所以时常犯病。后来他就顶着半副脑子和一只耳朵，退伍后做生意做得风生水起，一人垄断了当地的煎饼市场。据说要是老俞哪天不出摊，整个县城吃不到一张煎饼，由此被人戏称为老俞按"饼"不动，全县城无"饼"呻吟。

俞爷年轻时做饼手法精绝，做出的饼内酥外脆，很受老一辈的欢迎，饼成了俞爷的江湖，取一撮面团和面粉，摊平了铺在油锅和交际场上，撒上葱花，翻几个身，受热均匀，雨露均沾。做出来的饼外酥里嫩，脆而不焦，这是做饼的诀窍；善和稀泥，两不得罪，这是俞爷做人的哲学。后来俞爷成了爷，产品还没迭代，顾客先迭代了，饼又很受年轻人欢迎，于是改名"你大爷的饼"。不禁让人感叹孙子成了爷，饼还是那张饼。

俞爷做生意头头是道，做家长就犯糊涂，非要搞文武双全。别人都是搞家庭团建，他反过来要家庭建团，自己当团长，儿子当营长，美其名曰"军事化家教"，意思是树立权威，绝对服从。表面上是严父团长，实际是封建大人，拿作古的制度教育今人，注定是笑话。后来他也觉得迂腐，教育起俞熠这代人又开始走假文人的那一套，说话咬文嚼字，弯弯绕绕，乍一听有文化，细听是句废话，就是不说人话。比如吃饭时他指着汤说"像沙漠"，让大家品品。一营长的儿子立马回答说，字带水而实际沙漠无水，就是说这碗汤看着有水实则无水，简而言之就是太浓稠。俞爷很满意，一营长很高兴。他又指着一盘菜说"像汽油"。俞熠抢答说也是太浓稠。

"笨。"二营长的儿子说，"字带水而实际汽油不溶于水，就是说这道菜不入味。"

甚好，俞爷很欣慰，二营长很高兴。他又指着自己说"像海洋"。这很好猜，属于开放性马屁题，一拍准响，跟俞熠当时的爱好扒电梯一样，一扒准开。

"字带水……"俞熠有样学样，"而实际脑子进水。"

俞爷脸色铁青，像是赤红的热铁被当面呲了泡尿，遇冷生硬。当晚三营长就军训了他儿子。

俞家三代男丁都坐在一张八仙桌上吃饭，俞爷独占其一边，剩下按照喜好一条长凳一个营依次坐开，最喜欢的坐在左耳边，能听见说话声。俞熠和他爸三营长就坐在聋了的右耳边，没事骂两句，有时候声太大被俞爷听了去，俞熠就得端着碗到一旁的小桌上和女人们吃饭，那里被叫作"地三仙"，等同于流放。

俞熠打小就不受待见，满岁抓周时，前两个抓完轮到俞熠了，他一概不拿，死抓着桌角，他爸一急，硬拽着要让他松手。父子俩拉扯间，八仙桌差点掀翻。这时一营长在一旁讽刺说这是"上不了台面"，二营长说话还稍微拐拐弯，说这孩子"'桌都越不过，就是不卓越"。他爸又一急，连忙解释说这是"'桌'摸不透，深不可测"。老俞抽着烟想了半天，一拍脑袋说这孩子是个哲学家。后来在家人的授意下，俞熠果然进了大山修哲学，对着赤裸的大山谈康德和柏拉图。那年我们学校刚成立哲学系，就招了四个学生，后来起了内战，一个追着三个满山跑，史称"举一反三战役"，即一个举着武器反追三个。而这一切的根源都在俞爷。

上桌吃饭要猜谜语，下桌相处还要猜忌。三个营都要争家产，俞家的人际关系就像鲋鱼肉，肉白刺多，每口都扎人。故俞熠感叹道："鲋鱼鲋俞，鲋不待我；鲋鱼鲋俞，生不逢鲋"。

对我们而言，俞熠也不是生猛之人，生猛到要大开大合，不破不立。他和我们一样身处困局之中，不断背离旧秩序，企图耍点花样，嚷几嗓子，看几眼世界。但罗马不是一日建成的，也并非一日毁灭的。无数人有挥起榔头的力气，却没砸下去的勇气。一锤子买卖，买的是自得其乐，卖的是人情世故，我们都不敢赌。夜里那场须臾的梦，留了遗憾，成了"梦遗"。就像裸男之死，死法太深刻，不留全尸，光留遗憾了。

俞熠说他们的煎饼事业维持不下去了，自从离开了文明广场居民楼，锅仿佛失去了魔力，没有了莫名其妙的香味，泯然众锅矣。原先由此炒出的妙不可言的"爱情滋味"，也如爱情本身一般，最终归于平淡，嚼而无味。俞熠将其称为"婚姻式变迁"，即香锅离开居民楼，如同少女出嫁，陷入婚姻的泥沼，久而失其炽热与个性。

而这一次，俞熠打算破门而入。很快，他就动身踏上了和冷热的南行。他走的那天我没去送他，直到后来，我才知道他一路到达了海边城市。关于海边的生活，俞熠这样描述道：白天他拿着鱼枪去浅海里扎鱼，这里的鱼很聪明，就喜欢往他脚上游，在鱼枪到来前抽身离去，仅仅一周俞熠就扎了自己两回。晚上他就在渔排里天人合一。渔排是当地人所建的漂浮在海上的小木屋，彼此连接成片状。屋下还可以水产养殖，为了表达对我和李苟的思念，俞熠养了两只浅水王八。

后来他登上一条当地人的渔船，跟着出海。那天他们错误估计了天气，后半夜海浪几乎要把小舟拍碎。他窝在船舱里，在浪涛与颠簸中想起《河底海怪》里所说："我们是赤身的海怪，自命不凡，却浑身扎满铆钉，一头栽进命运的深河。"俞熠曾经一度以为此话为我所写，但实际上并非如此。

俞熠说，风雨到来前，他曾爬上瞭望台，好让整个海面都尽收眼底，但这并非明智之举，海浪翻涌，高处不胜颠簸。据说下了几千年的暴雨才形成了海，在此之前，天空中水汽与大气交融，天地间乌云密布，遮天蔽日。关于那场剧烈的演变，未有人目睹过。暴雨浊流，雷电飓风，激荡在人类关于原始与力量的恢宏想象中，统统被藏进时间的褶皱里。后来天色渐晚，渔火初上，天边月色泛红。民间传闻血月之日，月全食便会出现。但那晚整个渔船都跌入黑色的涛声里，对于一切都无知无觉。他透过那一扇舷窗，目睹了整夜的狂风暴雨，仿佛置身于亿万年前那场剧烈的演变中。关于那晚，俞熠想道：这一切都将沉溺在平静的海面之下，成为时间里的一个谜。唯有血月见证。

我对此也有这样的想象：我跃入海里，被洋流卷得很远。鱼群藏在珊瑚后面，海草从我身底一掠而过。我也曾有过某些幻想，那是灵魂潮兴而至的遐想。我舒缓下来，不再坚硬挺拔，在海底浩浩荡荡的风中天人合一，如海草般随兴而舞，尽兴而去。后来洋流越来越弱，我被卷进离岸不远的礁石堆里，抱住一块就攀爬而上。这礁石深刻极了，像海的泪痣。我瘫在上面，像极具张力、肆意横流的液体。这时太阳还垂在天上，俞熠扎了自己的脚在手舞足蹈，而有只鱼在咬我的脚心。

"林老板。"有个女人喊我，"力道还满意吗？"

她在捏我的脚，而我刚从海边回来，对此事一无所知。

"你喝醉了，是另一个林老板带你来的。"她说。

我没有一丁点印象，茫然问道："他人呢？"

"前脚刚走。"她说。

我追出去。这是林深常带我们来的洗脚店，今晚生意不赖，大厅里穿着浴袍的男人来来往往，大多挺着肚子。林深肚小头大，很好辨认。我追过去，看着他进了一间包厢，这才想起刚刚我俩在酒桌上讨论张秃子的事，后劲一上来，便魂不知所归。

包厢门上的窗口太狭小，我偷摸看了一眼，只能看见一双男人的毛腿，和戴着金表的左手。这只表我看得清楚，林化学也有一只，据说是为了表彰先进个人颁发的，那年就发了两只，还是镀金的，林化学骂骂咧咧地戴了一阵就没再见过。另外一只给了谁我压根不清楚。他们在里面嘀咕了小半天，我虽有疑虑，但也不想当面捅破，破坏友情。回去后又佯装熟睡，演了一番。晚上他开车送我回去时，临走我不忘调侃两句。

"刚刚那会我梦见你被鲸鱼吃了。"

"是吗？"他就当个玩笑听，"问问周公，好事坏事。"

"好事啊。"

"死里头还好事？"他乐了。

我摸着肚子说："鲸鱼一肚子秘密，肯定憋着好事啊。"

他笑而不语，我不语只笑。后来谁也没再提此事。

过了几天单位组织聚餐，这可是一年中露脸的好机会，要是露得漂亮，往后准有人指着你说"这不是那谁嘛，长脸了嘿"。可我对这样的活动提不起兴趣，也不做出头鸟，提着酒杯混迹在小辈里不出声演动作戏，八个人七嘴八舌时独缺了我这张嘴，我也不慌，要是被揪出来就说"都在酒里"这样的糊涂话。如此看来齐国的南郭先生必定吃了亏，他被发现时还没法说"此时无声胜有声"。我敬完就回去闷头吃饭，听才高八斗的狗比谁叫得凶：东扯一嗓子"大'家'风范"，西吼一句"投桃报'李'"，巧言赞美范李二人，喊完就有人带头叫好，此起彼伏，大伙儿就跟着鼓掌。范大发和李龟蒜也很高兴。这就算是铺垫好了，这时无论拍得多响都不会冷场。

有人就说"古有菊花喻君子，今有范总似菊花"。言罢，立马就有人借花献佛道："不是范总似菊花，而是菊花似范总"。众人乐，甚妙。也有人借古美今，吟诗道："玉京群帝集北斗，或骑麒麟翳凤凰"，这是大赞天下，听者有份。就是说此地没有凡尘俗子，只有高与更高，仙与更仙。在场众人无不为之惊叹。

这时有人不服，从角落里出来甲乙二人，现场就要作诗。

甲说范总很高兴。乙言："龙含春风眼含笑"。

甲说是因为大家很高兴。乙对曰："百鸟朝天争春俏"。

乙说大家很高兴，甲言："满天繁星望北斗"。

乙说这是因为范总很高兴。甲对曰："北斗照星心自妙"。

好手笔，颠来倒去一炮双响。众人纷纷赞其为最佳。

"我不同意！"从后面又挤出一人来，指着一桌领导说道："这群东西不是人"。众人大吃一惊，有人摩拳擦掌就要表现时，他又不紧不慢地言道："四大天王下凡尘"。就在众人拊掌而叹时，他又指着众人说道："在座各位都是贼"。这下犯了众怒，有人就要旱地拔葱，他又言道："偷得佳句献真神"。太妙了，先抑后扬，出其不意。气氛热烈之极，一时间在场各位都达到高潮了。

倘若有心者将此事记载下来，可写成《屁经》，定是为人处事之教材。我翻开一看，开篇写道："屁经屁经，沆瀣一气。精辟精辟，可歌可泣。"再一细读，内容翔实，精妙绝伦。最后结尾写道："有备无患，见机行事。如有雷同，权当游戏。"妙啊！

一会儿，气氛尚有余温时，就是领导来提携后辈，嘱咐两句的契机。王炸弹端着空酒杯来时，立马有人给他满上。

"哟哟哟，不胜酒力了。"他笑呵呵地与我们一一碰杯，"后生可畏，后生可畏啊。"

"您是王侯将相，海纳百川呐。"马上就有人续写《屁经》。

这会儿我还沉浸在那片海滩上，此刻正坐在礁石上海钓，一个个钩子放下去，有鱼上钩，有鱼往天上飞。林深推醒我，鱼且为鱼，飞出去也得回来咬钩。我立马跟着附和两句："王中王，将相将相。"

"好，好。"王炸弹很高兴，仰头喝酒时，从袖子里露出那只金灿灿的表。我看得仔细，仰头一口烈酒。

两千多年前南郭先生原形毕露时，那颗豆子从竽中掉出来，众人皆乐。可谁说人群里只混了一个小丑，历史只抓典型，人性才道实情。人对利益趋之若鹜，史书里明明白白写着"姜太公钓鱼"，便可用以形容人与利益之关系：愿者上钩，其乐无穷。南郭先生大可以说："鱼者，愚也。在座的挣口饭吃，我混口饭吃，岂不都是鱼，咬钩的和咬绳的又有什么分别。"但他不会这样说。看到金手表的事，我也不会说。我就是南郭先生，在一群歌颂美好的唱诗班中默不作声。我想我心里大概也塞了颗豆子吧。

二十二

颜然说，她在来接我的山路上想起古罗马诗人奥维德的诗，诗里这样写道："他俩在一片寂静中走着上坡的路，这条路陡峭、朦胧、昏沉，黑暗笼罩，现在他们已经走近阳世地面的边界。"我们也曾幻想世界沉入海底，人类穿过高楼与鱼群，游向海天的交界，浮出海面仰望真正的月色，与曾经的自我重逢。

颜然说，重逢是另一种月色。每个人心里都住着个罗马，告别就是摧毁罗马的时刻。一年前当她坐上疾驰而去的火车时，乌云蔽月，罗马城陷入大火中，斗兽场与万神庙毁于一旦，罗马诗人灿烂的诗篇在烈焰中吟诵。而如今她心里矗立着北京城，气势雄浑，别有洞天。见到我时，她吟诗道：

罗马的月，

不及北京的雪，

一下一整夜。

我跟颜然热烈拥抱。北京城的雪夜，银装素裹，斑驳的城墙根下织着皎洁的月色，一切朗然于胸。那些耳鬓厮磨、吟诗作乐的岁月仿佛才是真正的月色，一举头我们都曾看见。

"你就是颜老师的男朋友？"身旁的小女孩问。

"这就是我跟你提过的郁言。"颜然说。

"颜老师，他不像你说的诗人，诗人的头顶都是晚霞。"她对颜然说，"他的头顶都是乌云。"又转过脸来对我说："有口无心，有口无心，总不至于跟个孩子生气吧。"

我的头顶一片蔚蓝，云层稀薄，午后的阳光正烈。没想到孩子能看出我有心事。我跨越半个国家来看颜然，是很早就做的决定。出发前我向张秃子请假，他很不理解。在他看来，现在正是要劲的时候，绝地反击稍有差池，就成了掘地三尺反被一击。反倒是我耍了小脾气，无为而治，对于一切事都表现出阳奉阴违的消极来。最终张秃子还是允了我的假，无论是妥协或是挽救我的意思，我终于有机会短暂地离开这个是非之地。

西行的一路，火车一头卷入群山与村落几个昼夜。在明暗交错的视觉里，世界被一闪而过的感知勾勒出线条轮廓，呈现不规则的几何形状。这一切都需要画家描摹。这让我想起抽象派画家康定斯基的《蓝骑士》来，画中的骑士身披斗篷，跨着白马，飞驰在山林草地间。天上白云纵横，远处的枫林红黄交错。我确信我也有如画中骑士那般的快意，在薄暮冥冥中奔向一处心驰神往的林地，那里春意已浓，佳人静候。

而那里，正是颜然所住的山里。她带着我翻山越岭，穿过半山的村落。当地人喜欢用一种红色的石材，大到砖瓦、石板路，小到桌椅和碗筷，都是鲜红一片。他们相信红色能带来好运。颜然支教的学校就在山脚，也是红色砖瓦砌成的二楼小舍。我的房间在一楼楼梯口，怎么看都像是门卫，在里面走两步就扬起很大的尘土，这让我想起岳飞所言"三十功名尘与土"，本意想说功名与尘土一样微不足道。要是当年岳飞收复此地，凭这尘土功名绝对可道，不容谦虚。

"又在胡说。"颜然像训孩子一样训我，"没个正经样，我可跟孩子们说了，来的林老师是个文化人。"

"文化人不做文明事。"我抱起她原地转圈，屋子里飞扬起厚厚的尘土，几乎要把我们埋葬。

"得，你就睡在功名里吧。"她笑着说。这间临时腾出来的小屋，刚收拾出来通了小半天风，就有这么多尘土。她帮我掸被褥时，一只老鼠蹿出来，被她抓住往窗外扔。这个一年前还收拾不好行李的女孩，现在勇武到敢徒手抓老鼠，从性格铁锤成为真正的铁锤。唯一不足的就是扔歪了，吓着了外面的小孩。

一会儿就有调皮的小男孩从窗户外边探头进来，人中上挂着鼻涕，报告说刚刚有只飞鼠"嗖"地一闪而过，已被缉拿，请示是否严刑拷打。他一歪头，看见我在，如获至宝般跑回去，想必是惊讶于我脱俗的气质。后来这所不大的学校就散播着来了新保安的流言。

在颜然到来前，这里只有个教数学的杨老师，她教得马虎，学生学得也马虎，可唯独辍学却很认真，学生跑得飞快，尤其是女学生流失严重，学校大有倾颓之象。再这么跑下去，山里不仅有留守老人，还有留守老师。山里不重视读书，要的是生产力。男孩早当家，女孩早生产，山里世代的根基才能延续下去。

后来她俩东拼西凑，攒了一小部分钱，再拆了辆破旧的摩托车，灯用作教室的照明，其他的也另当妙用。作用最大的是两个轮胎，往门外一戳，像极了战时的司令部，势如破竹。这样就算是初具模样了。可难的是生源。一开始颜然还能发挥铁锤风格，遇事硬办，到后来反反复复流失惯了，家长带着学生跑，颜然就带着杨老师追，好好的文化课上成了体育课。

　　傍晚时，郁言她爸来接她回去，在等她收东西这会儿工夫，就剩我和这个精瘦黝黑的男人独处。他戴个粉色的女式头盔，一只脚支在地上，另一只踩在把手上。这个姿势很怪异，裆跨得太大，不明事理的人很可能以为这是雄性动物在展现雄壮，向同性示爱。我敬他根烟，他接过别在耳背上，那里已经别了七八支烟，再别一支依然屹立不倒，我很诧异。

　　"好车。"我说，"像匹烈马。"

　　"有眼光。"他眯着眼看我，故作威风地猛踩油门。郁言坐上车后，他冲我挑挑眉："看着吧。"他戴稳头盔，放下玻璃罩，一个加速，没出多远，连人带车都翻在地上。后来郁言还责怪我不该惹他爸轰油门，那天油不够，父女俩一路推回去的。

　　颜然说，郁言她爸是当地最棒的骑士，就因为山路崎岖，剩下的人摔怕了，就没人再骑摩托。父女俩骨子里都有种倔强。郁言满山跑时，骑士就骑车一路追，情绪高涨，很有信心。雨季刚过，山路泥泞，郁言跑着跑着回头发现骑士不见了，摔回了山下，路上只剩一道车辘辚印。翻遍史书，画家上一次能跑赢骑士，还是在中世纪的文艺复兴时期。后来骑士不追了，神婆同意郁言去学画画，就因为她除夕夜在镇上卖画挣了钱。可见在神婆的脚盆里，所谓天命，就是挣钱的门道。

傍晚时分，颜然带我上山。爬至半山腰，便有豁然开朗之感，这是南方的山所没有的。西北的山连绵不绝，一眼望不到尽头。这种豁然并非只是对生命与自然的赞叹，而是与生活的和解，一种囿于天地间的自我悲悯，有关渺小与无力的精神救赎。那一刻，我相信群山就是生活。

我也确信这一切果真如颜然在电话里所说，让人安宁，心怀悠远，自我坦荡。我很想遗忘掉一切，轰轰烈烈地爱一场。

颜然说，在此之前，她确信林积极是存在的。她曾经对此怀疑，是因为人在孤独时会不相信一切的存在。但她后来又确定我是存在的，因为其他人是个体存在的佐证，学校的孩子很喜欢她，所以她是存在的。千百年前那个声名俱默的人，在漫长岁月里被人片刻记起过，那他也必是存在过的。由此可知那个她日思夜想的林积极，一定确有其人，确如她记忆中那般不正经和讨厌，也确如她记忆中那般一本正经和欢喜。她会在万物复苏时见到这个人，那时暖风穿过山岭，女孩和朗日，山峰与狗，世上的一切都将在那刻永存。

到山顶时，天黑得很快。山之高，让我离宇宙如此之近，我很想划开头顶那片黑色的海洋，让银河倾盆而下，天地交融。远处有一人打着手电赶路，这是天地间唯一的光。

颜然蜷缩在我怀里，我抱她愈发紧。天地间汪洋一片，赶路的那人泛舟而去，摇曳着这束微弱的光，在山的拐角消失。

夜里山里很亮，能看得很远。到了半夜没什么风，万籁俱寂，又能听得很远。这时候我和颜然情到深处就要结合，一只狗却跑过来趴在我们身旁，它眼角充血，半睁着眼看我们。它一路跟着我们上山，此刻我想赶它走，颜然却说不要紧，独乐乐不如众乐乐。搁以前她绝不会这样说。

有人说，人类历史上有三个苹果，其中夏娃偷吃的那个，又涩又酸，象征着爱情。情欲泛滥的山坡上，我竟然想起这些，仰头等待人类的第四个苹果掉落。夏娃是被毒蛇引诱偷吃的，而我们是光明正大地吃，还有只狗旁观，因而我粗犷地叫出声来，想让全世界都听见。颜然说背唐诗吧，显得文雅。我张口便"鹅鹅鹅，曲项向天歌"，很是应景。她用力掐我，说换一首，于是我又背起杜牧的《赤壁》来。背完不尽兴，我又来一首："银瓶乍破水浆迸，铁骑突出刀枪鸣。"很是满意。

后半夜起了风，但并不凛冽，我们决定睡在山上。临睡前我打算铺垫点情话，可颜然已悄然入眠。月明星稀，世界落满了碎银。此刻我想起人仰头看见日月另有他意，见日时见众生，独见月时只为见一人，而这一人踏月游梦去时，我只有见自我。我赤条条地躺在地球表面，要遵循宇宙的规律自转开来，成为太阳系的第九大行星，表面铺满交错的星火，内心挤满凹槽的心思。我仰头望去，宇宙间寂静无声，彗星碰撞，银河翻涌。我听见有人叫我。

"积极。"是沈三四在说话，"你生命中的芦苇荡是什么？"

一江水都落满太阳的星火，小木船在其中吱呀摇晃，沈三四编的芦苇鞋上栖满了秋意，我仰头看见蓝莹莹的天空，没有一朵云。生命的意义便在此刻落定。风穿过芦苇荡，我说要像你一样无拘无束。

"哪有什么无拘无束。"她笑着说，"我只是知道要什么。"

沈三四说，既然人无法从性欲和孤独里抽离，那就承认这种局限性，怀揣着强烈的欲望去对抗无限的时间，无论输赢，这就是她理解的自由。

"不是逃离，而是追求。"她说，"你们理解错了。"

我们真是错了。把旧秩序当虎口，从里头跑出来，试图建立新罗马，但革命与爱情从来都不只是流血与交配，而是种珍贵的向往。它代表着愿意接纳一切的勇气，即便湍急的江浪吃掉了草房子，推倒了生活，依然有重拾一切的渴望。

"积极，往上看！"白老师在树下叮嘱我。半梦半醒间，我又回到了那个午后。这一次，爬树的是我。我蹬腿使劲，树摇曳得厉害。我心一凛，只觉得进退两难，骑虎难下。我不会爬树，却想吃到最顶上的果子。所谓步步为营，望梅止渴，是宽慰自个儿的话。我打算赌一把。

"你跳！有你好果子吃！"

我闭眼纵身一跳，却跃入江中。江水冲散了芦苇荡和枣树的幻影，江面又归于平静。我恍惚间记起，十年前物理老师在课堂上讲水的折射现象，当时是个暖阳熠熠的冬日午后，他说趴在水底看到的世界是不真实的，所以后来人类从水里爬出来生活。关于那天，我还记得数学老师说人的构造是对称的，他握着一堆碎粉笔，摇着手说宇宙里没有比人更对称的生物了。许多年后我做着同样的动作，却告诉学生：人的肉体与灵魂相对称，影子就是人的灵魂。有学生问黑夜里影子去了何处。我说灵魂是自由的，它将影子藏在水底，所以夜晚人都是潮湿的。说话时我手摇得太剧烈，一根粉笔掉落，摔在地上碎成几段，裂成好几个影子。

"你真没意思，骗小孩玩。"我弯腰捡粉笔时，有人说。

是个中年人，正面看寸草不生，侧面看发际线如遮羞之布，轻易就要滑落。真是"横看成岭侧成峰"。

"骗得人人都信了就是真理。"我与他握手，"该叫你林厂长还是林主任。"

"叫老林。"他递我一支烟，我不抽，他就鼻腔振动，从里面抽出一口痰来吐在地上，脚尖碾匀，笑嘻嘻地点上烟，翘上二郎腿，悠哉游哉。

"我要是没走，最后是当上厂长还是主任了？"我问他。

"副总。"他口腔振动，从里面嗳出一口烟喷在空中。我很好奇这种循环，口鼻打通，顺时针痰，逆时针烟。我客套两句，他立马沾沾自喜道："我就说我年轻时就有这种功利心。"

据我观察，这家伙还保留着我年轻时的习惯，没事捋两把头发，从前捋前额，以后捋后脑，都是岁月所迫。再有就是肠胃紊乱，这一点在他垂头捋发时便可知，此可称之垂头"丧"气，看来我的肠胃始终没好。

这是我幻想出的中年林积极，也是张秃子试图捏造的继承他石油产业的泥人形象：头发向后退，把地腾给思想。人情世故吃多了身体膨胀，用大是大非和小盈小利束腰，像是两节藕，看着体面多了。上节叫油头粉面，下节叫滴水不漏，连起来叫"油水管够"。老林油水吃多了就油腔滑调的，说话没个谱儿，我不大乐意与之为伍，便敷衍了事。可他人精明，总能琢磨出一二来。

我视他为洪水猛兽，可他却讥讽我说：心比天高，命比纸薄。理想可耻，该杀。

理想和杀死理想之间本就是无果的辩驳，他说理想是白日梦遗，自以为爽了。我说杀死理想是拾人牙慧，自以为吃

233

了。最后他说：别往天上看，天上什么都有，要往地上看，地上有什么就捡什么。他说完我抬头望，这时天上只有太阳，一片清澈。阳光洒了一地，万物皆倒影，唯独没他的影子。

我一直向下游，看见的水底是明亮的。这里有许多灵魂，他们唱着颓唐且动情的歌，把天推得老远，晴朗与夜色层次不清，厚重的水汽挂在半空中。没人谈肉体与水的密度，也没人在意血溶在水里像失真的热忱。疼痛与泥沙垂在水的边际。我听他们唱完，潸然泪下。河底一片清寒。

我从水底爬上岸时，手里抓着一块石头。颜然还在熟睡。远处传来明朗的犬吠，月亮要落下来。